她和她的貓

原作 新海 誠　作者 永川 成基

她和她的貓

作者 永川成基
原作 新海誠

目次

裝 畫　　新海誠

第一話

話語之海

一

這是初春的時節，這是陰雨的日子。

我橫倒在路邊，任綿綿細雨覆蓋在身上。

來往的行人頂多往這裡瞥一眼，便踏著匆匆的腳步離開。

最後，我終於連抬起頭的力氣都耗盡，只能撐起半邊眼睛，看向鉛灰色的天空。

四周一片靜謐，唯有鏗鏘鏗鏘的電車，如雷鳴般在遠方迴盪。

行駛於高架軌道的電車聲相當規律，充滿強勁的力道。

一直以來，我深深嚮往著這種聲音。

如果說，胸口的微弱鼓動驅使著我的身體，那聲音所驅使的，又會是何等龐大的物體？

我想，那肯定是世界的心跳聲。既強韌、又巨大，找不到缺陷的世界心跳聲。然而，我連這個世界的渺小一部分，都配不上。

無聲的細雨，以等速度從天空降下。我的臉頰貼在紙箱底部，整副身體有種緩緩往上飄的錯覺。

身體不斷上升，直到天空另一端的無窮盡處。

最後，這個世界會將「啪」的一下，徹底切斷跟我的連結。

當初，將我跟這個世界聯繫起來的，是我的母親。

母親很溫柔，身體很溫暖，總是能給予我想要的一切。

然而，她現在已經不在了。

她為什麼會消失，自己又為什麼窩在紙箱中忍受雨淋，我一點印象也沒有。

我們不可能把所有事情記憶到腦海。「記憶」本身的確相當重要，但是對我來說，並沒有任何值得記下來的事物。

輕柔的雨持續下著。

我的身體宛如空殼，緩緩、緩緩地飄向灰色天空。

接著，我閉上雙眼，等待世界揮下那一刀，永遠切斷與我連結的決定性一刻。

忽然間，電車的聲音似乎大了起來。

我張開眼睛，看見一名女子的臉龐。她撐一把大塑膠傘，從高處俯視著我。

她出現在這裡，已經多久了？

女子屈身蹲下，將下顎抵著膝蓋凝視過來。她的額頭上垂著長髮，遠方的電車聲經雨傘反射，聽起來才比先前大聲。

四周瀰漫著下雨時特有的芬芳。她的頭髮跟我的身體一樣，被雨水淋得溼透。

我勉強抬起頭，筆直望著女子的面容。

她的雙瞳在盪漾，短暫往旁邊別開一瞬，隨即下定決心，用堅定的眼神看回來。

就這樣，我們對望了好一陣子。

地軸不發聲響地轉動著，她跟我的體溫，在這個世界上悄悄流失。

「來吧，跟我回家。」
女子伸出手，輕輕將我抱起。她的手指凍得跟冰塊一樣。從高處往下看，我才驚訝地發現，原來自己待著的紙箱那麼小。女子用夾克跟毛衣包覆我，她的身體不可思議地溫暖。
耳邊傳來她的心跳聲。她踏出腳步，電車的聲音從兩旁呼嘯過。我跟她，以及這個世界的心跳，在同一時刻動了起來。

那一天，我被她撿了回去。因此，我成為她養的貓。

構成社會的要素中，「話語」占了絕大部分。
進入社會，找到公司落腳後，我開始產生這種想法。每天的工作，都是在「麻煩你把這個做好」、「幫我跟某某某說一聲」這類語焉不詳、聽過即忘的對話下進行。大家似乎都覺得理所當然，看在我的眼裡，卻有如奇蹟一般。

我偏好書面形式的往返，因為這樣能留下白紙黑字。其他人嫌這種事麻煩得要命，只有我自告奮勇、第一個去做。多虧如此，現在我可是公司很寶貝的員工。

我不是多話的人，每次總是聊個兩三句便再也沒有話題，所以覺得書面往返比跟對方當面溝通輕鬆。我的朋友則個個很會聊天。珠希是我短期大學起認識的朋友，她說話總是妙語不斷，每次我都聽得哈哈大笑。

珠希可以從我眼中再平凡不過的景色，一個接一個看出端倪，彷彿她能看見我所看不到的事物。所以，我覺得珠希很厲害。

我喜歡擅長說話的人。

小我一歲的男友，信，總是有聊不完的話題。他會跟我聊在保險公司上班遇到的事、科幻片、電子音樂、中國古代戰爭等等，各式各樣的內容。

也因為如此，我不想精通保險的運作方式，以及中國古代武將的名字都很難。

珠希擅長把外在的事物化為言語，信擅長把內在的學養織成語句，我則是兩種都不會。

每年到了春天，我都會想起剛租下住處時的事。這樣的雨天更是如此。

當時，我一個人去房仲公司，戰戰兢兢地在契約上蓋印章，定下人生的初次獨居生活。搬進租屋的那天，跟現在一樣下著雨，珠希帶了一個學弟來當幫手。那位學弟就是信。

他們幫忙把行李開箱、組裝架子，大功告成後，一行人到附近的定食餐廳吃飯。這是第一次有朋友跟陌生男子幫忙搬家，之後還一起去吃飯。一時之間，我覺得這些好不真實，猶如只在連續劇裡上演的情節。但是，我不知道如何表達這種感受。結果，珠希開口了：

「感覺好像回到學生時代呢。」

信聞言，露出笑容。

我跟著揚起嘴角。原來一般人在老早之前，就有過這些體驗了。到頭來，一個人搬到外面住，根本不足以改變自己。

搬入新住處後的一陣子，信獨自登門造訪。

我先前向珠希抱怨，與洗衣機相連的水龍頭鬆動，使連接水管的地方常常漏水。於是，她派信來看看情況。

看到出現在門口的人不是珠希，我不禁猶疑一下。不過，信從家庭用品中心買來許多用品，順利地解決了漏水問題。自己竟然連把水管的總閥關上都不懂。

如果有這樣的男人，隨時隨地陪在自己身邊，想必是一件開心的事──我就這樣脫口把心裡的想法傳達給信，順暢地連自己都嚇一跳。

那是我第一次自然而然地坦率表達心情。

那天，信在我的住處留宿。

話語擁有改變世界的力量。這樣想想，又覺得有點恐怖。

信開始每週固定來我的住處。但是他的工作突然忙碌起來，過沒多久，我們見面的機會越來越少。

在我的心裡，我已經把他當戀人看待。

我同樣希望，即使不特地用話語確認，他也是用相同的方式看待我。

還是小學生時，在班上同學間傳閱的少女漫畫，總是在男女主角成為戀人的地方收尾。女生交到男朋友，從此過著幸福的日子。然而，現實的人生可不是到此為止。

有些時候，跟另一半交往之後，反而比過去更加寂寞。

這一天，是與信相隔三個月的見面。我們難得有機會見面，兩個人在春季的雨中並肩行走。他跟三個月前沒有什麼兩樣，依然對我很好，跟我說很多話。

聽他說話有種輕飄飄的感覺，非常舒服。剩下我一個人時，不安感立刻襲上心頭，宛如游泳到一半，才發現自己處在搆不到底的大海中。

『我們正在交往，對吧？』

這句話我怎麼樣也問不出口。一旦聽到可能導致兩人關係畫下句點的答覆，自己一定會溺入海底。

今天的我仍然像一顆人造衛星，只敢點著頭聽他說話，繼續在真正想知道的事情周圍打轉。

這樣的自己，簡直只有小學生的程度。我說不定就是因為小學時沒經歷過這種事，現在才演變成如此。

一路上，信始終沒有說出我真正想聽的話。

我們在他的職場附近分別。下次能像這樣見面，八成又要等到好久以後。

我走到車站，挑選不同於以往的路回家。雖然會繞些遠路，但是今天，我想要在初春的冷雨中漫步。

在這條路上，我遇到了一隻貓。

二

她住的地方飄著她的氣味，教人相當安心。

跟女子一起度過首個夜晚，隔天睡醒時，只覺得周圍暖洋洋的。從未有過的感受讓我嚇了一跳。昨天撿我回家的女子已經早早起床，在爐子前燒開水。

我看著水壺的開口冒出蒸氣時，她說了聲「早安」。

她一把拉開窗簾。天空的雲染著朝霞色彩，相當美麗。

女子住在坡道上一棟公寓的二樓，從這裡能看見在高架軌道上行駛的電車。

現在我才明白，當時發出那種聲音的，就是這輛電車。

我想把自己的感謝傳達給她。她聽了，含笑回應：

「嗯。太好了，小不點。」

小不點？

「你就叫做小不點。」

這是她第一次用名字叫我。

小不點——我喜歡她取的這個名字。我想要永遠記住這個早晨。

很快地，我便喜歡上這名女子。

她美麗動人，心地又善良，每次注意到我在看她時，都會流露融化般的表情，輕輕對我微笑。

而且，她每次吃東西之前，必定先準備好我的食物——裝了牛奶的盤子、罐頭，以及頗有咬勁的貓飼料。

我舔牛奶時，她也蹲在旁邊，捧著同樣裝有溫牛奶的白色大馬克杯，陪我一起喝。

她的舉手投足沉著又優雅。待在她的身旁，總能讓我感到內心平靜。

將準備的食物吃到剩一半後（本能告訴我，永遠要留下一些食物，以備任何狀況），我會在她的旁邊翻個身，露出肚子。她會緩緩地撫摸肚子上的毛，我則舒服地晃著尾巴。

她閱讀時，大多躺在地板上。我喜歡在這種時候攀上她的腹部，讓她靜靜撫摸我的背。

我喜歡看她洗衣服。換下的衣服留有她的氣味，我會鑽入裡面，陶醉在她的氣味中。

晒衣服也是我很喜歡的時刻。她在陽台上晾衣物，我則陪在旁邊，一起眺望廣大的藍天、路上的行人與車輛。

我的窩裡鋪著她的毛衣。每天夜裡，我都蜷在那件衣服上睡覺。那是我們相遇的日子，她穿著的白色毛衣。

剛來到她的住處時，我不時因為自己也記不清楚的夢，在深夜發出叫聲醒來。這種時候，她總是陪在我的身旁，輕輕地撫摸我。

她是一個溫柔，又散發暖意的人。

她習慣親手準備自己的食物。

她要做味噌湯時，我都很高興，因為可以分到一些魚乾。我也喜歡料理中有冷豆腐的日子，因為她會分一些柴魚片在我的罐頭上。

她做菜的時候，會哼許多不同的曲子。我很喜歡她的歌聲。

「小不點。」

這是她叫我的方式。「小不點」三個字將我們聯繫在一起，她也將我跟這個世界聯繫起來。

每天早晨，我都在固定時間起床，用固定方式準備早餐，打開固定的電視頻道，在固定時間出門上班。

一個人搬出來住之後，規律的生活帶給我喜悅。瞭解有些事物是自己能夠掌握，讓我感到心安。

家裡多一隻小不點，並沒有使生活產生什麼變化。過去老家還有養狗時，不論外面下雨還是下雪，牠老是想出去遛達，那可真是折騰。換成貓的話，便可省去照料的麻煩。

今天我也在鬧鐘響起之前醒來，先一步把它按掉。屋子裡還有一隻小貓。感受到牠的存在後，我拿起枕頭邊的溫度計量體溫。自從認識了信，我養成每天量體溫的習慣。要是哪天沒有量，不但會渾身不對勁，之前累積的記錄也將付諸流水。

我沐浴在照進大面窗戶的陽光下，捏飯糰做為早餐。這些飯糰小小的，數量上則不少。多出來的部分就裝進便當盒。

跟小不點一起喝牛奶後，我脫下睡衣，穿上工作用的服裝，小不點忙著跟換下的衣服糾纏。要是一直看下去，八成會忘記時間。

端詳她在鏡前化妝時的側臉，是我的一大樂趣。她熟練地擺出小型用品，按照順序一一為自己上妝，對每個步驟都很講究。最後，她再把那些用品收回原本的地方，灑些香水，整個房間跟著瀰漫芳香。

她使用的香水，有淋過雨水的草叢氣味。

電視上的節目，告訴我們今天會是什麼天氣。

每天早晨，這個節目一播完，她便出門去上班。

我很喜歡看她走出房間的樣子。

她會把長髮紮成一束，披上跟頭髮相同顏色的夾克，穿好高跟鞋。

而我，則在門口看著這一切。

她蹲下身，把手放到我的頭上，說：

「那麼，我走囉。」

然後，重新站直身體，打開厚重的鐵門。

陽光從門外晒進來，我瞇細雙眼。

慢走喔！

她踩著充滿朝氣的腳步聲，走入光的世界。

我回味著殘留在頭上的觸感，聆聽她步下樓梯，逐漸遠去的聲響。

目送她離去後，我會爬上椅子，隔著陽台眺望在高架軌道上行駛的電車。說不定，她就在其中一班電車上。

直到看得心滿意足，我再跳下椅子。

屋子裡的香水味還沒散去。在這樣的空間中，我又睡了一覺。

擠滿乘客的車廂搖搖晃晃。一路上，我都在想小不點的事。

他睡著或專注於什麼的時候，不管自己怎麼叫，都彷彿沒有聽到。不過，換他想撒嬌時，又會馬上把躺下來，露出肚子給我看。

如果我故意裝傻，直接從上面跨過去，他還會跑著跟上來，再度躺下露出肚子。這一點實在可愛得教人受不了。

嘴角下意識地上揚，我趕緊端正表情。車廂裡還有很多上班族跟學生，被他們看見自己露出傻笑，肯定會很丟臉。

家中有一個等待自己回去的存在，感覺真不錯。

貼在車廂門上的婚友社廣告映入眼簾。

結婚的喜悅說不定就是這種感覺。家裡有一隻貓，便同樣品嘗得到。

當年的同班同學，有人已經結婚生子。她一畢業，立刻跟交往中的男朋友步上紅毯。我老家收到的賀年卡上，是抱著孩子的她，以及她丈夫的相片。我試著想像照片中的人是自己跟信，但實在太沒有實感，我不禁對自己苦笑。

我甚至不敢向他確認，兩人算不算在交往，更遑論是結婚。還是說，如果我們之間有了小孩，他就願意跟我結婚？

不過，最根本的問題還是自己想不想結婚。

我又想像起自己上了年紀，住在滿是貓咪的屋子之模樣。

這時，電車播音提醒我，轉乘站快到了。

我打起精神、挺直腰桿，步出車廂。

我任職於藝術設計專科學校。來到辦公室，坐到桌前，便看到同事位子上的資料侵入我的領域，還把筆架推倒。不過，這一行免不了要與資料跟文件堆成的山為伍，指責這種事情只會顯得自己心胸狹隘。而且，真要怪的話，應該怪桌子空間太小——我如此說服自己，開啟電腦電源。

我從睡夢中醒來，大大地伸一個懶腰後，決定外出散步。

牆壁開了一個洞，好像是用來裝瓦斯爐還是什麼的。我從這個洞鑽上陽台。她為了讓我方便出去，還特地裝了一扇門。

「等你長大了，可能會擠不過這扇門。不過，那種事情等到時候再說吧。」

雖然她擔心這一點，但我還可以自由地在狹窄處鑽來鑽去，比她想像得靈活很多，所以目前沒有什麼問題。

今天的天氣很好，風吹起來很舒服。我從陽台欄杆的間隙，望向外面的電車和路上人車。確定世界正在運行後，我沿著鄰居的陽台，爬到公寓的外樓梯。

室外充斥各式各樣的氣味，有泥土味、風帶來的其他生物味、某戶廚房飄出的炒菜香、車輛廢氣，以及垃圾場的味道。

我來到地面，抬頭仰望她住的公寓。這是一棟夾在高樓之間的二層建築，每一戶的窗戶形狀都相同，但她住的那一戶，看起來就是特別不一樣。

我在公寓周圍繞了一圈。貓咪有所謂的地盤觀念，她住的公寓四周，就是我的地盤。我四處嗅聞，確認附近是否有其他的貓，然後留下自己的氣味。

老實說，我自己並不講究地盤這種觀念，純粹是貓的本性使然。

按照平常的習慣，上午的巡視到此便算完成。不過，逐漸熟悉這一帶的環境後，我打算擴張自己的地盤。

我的目標在高架軌道另一端的坡道上方，那邊沒有其他貓的氣味飄過來。

對貓來說，地盤當然是越廣越好。話雖如此，我也不想跟其他貓扯上麻煩。

我盡量挑選圍牆、樹叢等高處和狹窄的地方行走，以免被汽車輾過，或遇到想找麻煩的人類。

經過一陣子，我總算來到某戶有片綠意盎然庭院的人家。

我很快地明白，為什麼附近沒有任何貓棲息——因為這裡有一隻大狗。

那隻狗看似上了年紀，耳朵長長的，身上的毛色黑白交雜。

基本上，狗對貓是不會抱持友善的態度，所以我打算離開現場。可是好巧不巧，對方主動開口對我說話。

「好久不見啦，小白。」

他的語氣未免太悠閒，沒有任何大型狗常見的不可一世，我不禁眨了好幾下眼睛。

「……你好。」

我小心翼翼地應聲。

「你還是一樣美麗，保養得很好喔。」

他說我「美麗」?看樣子，狗完全不懂得區分我們貓咪的性別。

「其實，我是男的。」

我有點沒好氣地說道。當然了，我已經事先確認過，對方的脖子上有項圈。

「喔喔，這樣啊。」

對方不以為意，繼續應付過去。

「那就是帥哥囉。」

「謝謝你。」

我坦率地道謝，看著眼前這隻奇特的狗。我開始對他產生好奇心。

「我不叫小白，叫小不點。」

這時，他睜大眼睛。

「原來是小不點，不是小白啊……真抱歉，我認錯貓了，因為這裡原本是小白的地盤。」

聽到這句話，我頓時感到失望。其他貓已經來過的話，便沒有意思了。

「可是，我沒看到其他貓，也聞不到味道。」

「當然囉。因為這裡有我看守，別的貓才不敢靠近。」

他說了一句不太尋常的話。

「我從來沒聽過狗會幫貓看守地盤。」

「這是我跟她的約定。」

「那麼，叫做小白的貓去哪裡了？」

「她最近幾乎都沒過來。最後一次見到面時，她懷著一個大肚子。」

啊啊……聽到這裡，連我也察覺出了什麼。

跟我長得一樣，一身純白的那隻貓——

「她一定就是我的母親。」

我擠出聲音，說出這句話。我之所以孤孤單單，也沒在坡道上聞到其他貓的氣味，想必都出自相同的原因——名叫小白的貓，已經不在了。

對方聽到，深吸一口氣。

「約翰。」

然後說出這兩個字。

「咦？」

「這是我的名字。有件很重要的事情，我想你現在先知道比較好。」

約翰的語氣變得慎重。

「我知道了，約翰。」

「小不點，你之前常跟小白撒嬌嗎？」

「沒有印象。如果是的話，不知道會有多好。」

「這樣啊……」
他忽然把話打住。
「我跟小白的關係，就像是戀人。」
很快地，他轉向其他話題。
「？」
我聽不懂那個字。
「只要是我覺得美麗的女性，都是我的戀人。」
「喔……」
「小白跟你一樣，有著漂亮的白毛。」
約翰陶醉地說著。
「謝謝。」
我的毛之所以漂亮，是有她幫忙整理。
「小白一直惦記著剛出生的你，還有你的手足。」
聽到這裡，我的胸口微微發熱。
「小不點，以後由你看守這個地盤。」

「我可以嗎？」

「小白想必也會很高興。這將成為她存在過的證明。」

「謝謝你，約翰。」

「為了我美麗的戀人嘛。」

呼啊——約翰打了一個大大的哈欠。

「歡迎你隨時過來玩。」

談話似乎到此結束。他用前腳當成靠枕，就那麼睡著。

我踩著小步走下坡道，心裡不斷想著這段奇妙的遭遇。

先前，世界即將把我拋下之際，她拯救了我，讓我勉強活了下來。在那之後，我又在隨處散步時，偶然認識約翰，還聽到母親生前的事，繼承她的地盤……

原本差點就要從世界上消失的我，再度跟這個世界接合。

我重新回到了這個世界。

午休時間，我在自己的座位吃完便當後，前往公司附近的一間小咖啡廳。這裡的消費偏高，學生比較不會上門，使我得以好好放鬆。

點好咖啡後，我忽然想到，自己還沒跟信提過小不點的事。

我平時幾乎不會主動打電話給信，他總是有忙不完的工作要做。然而，真正的原因是我害怕，害怕自己想不出話題，說了不該說的話，使他心生反感。

還好現在多了小不點，應該不用擔心詞窮。

不知道信喜歡貓，還是討厭貓？

我連他的喜好都不瞭解。先前聽他聊那麼多內容，卻從來沒觸及這個話題。

我開啟手機的來電記錄，打算撥電話給信。上次跟他通話的日期，早已是好久之前。回想起來，我們也有過一天通好幾次電話的時光。聽筒中的鈴聲響了一陣子，自動進入語音信箱。

「現在用戶無法接聽您的電話，若要留言，請在──」

聽到這裡，興致立刻煙消雲散。我什麼話也不留，直接切斷電話。

呼──我嘆一口氣，沉入沙發。

這時，手機發出震動，我連忙拿起一看，結果是珠希傳簡訊來。

黃金週連假，我要去妳那裡玩喔──她用滿滿的表情符號，興高采烈地這麼告訴我。

自己說好就好，果然很像她的性格。我簡短回信「等妳喔」正準備送出，但又覺得光是這樣好像少了什麼，於是附上小不點的照片。

服務生送上咖啡。我喝了一口，隨即決定傳簡訊給信。我幾乎沒收過他的簡訊，因為他有什麼想說的話時，喜歡當面說出口。

『之前撿到一隻貓，幫牠取了小不點的名字。』

經過一陣思索，仍然只寫得出單調的句子。我附上小不點的照片，又考慮要不要加上自己的照片，猶豫了一會兒還是作罷。

照片裡清一色是露出肚子的小不點。

她每天都在固定時間回到家。

聽見外面水泥砌成的樓梯響起高跟鞋聲，我便馬上跑到門口等待。經過一陣子，她終於開啟厚重的門，露出身影。

「歡迎回來。」

我用貓叫應聲。

「我回來了。」

她一邊脫鞋，一邊輕撫我的頭，有時也會直接把我抱住。剛才外面回來的她，身上還沾著各式各樣的味道。

別人的氣味、我沒去過的地方之泥土香、陌生的空氣……我沉浸在她帶回來的各種味道，再用後腦杓在她的腳邊磨蹭，染上自己快要被完全蓋過的氣味。

今天有好多可以聊的事。

白天認識了名叫約翰的大狗，發現母親的地盤，從她那裡聞到新的味道……

她聽著我說話，同時打開做為晚餐的罐頭，走進廚房。

吃罐頭的時候，我繼續用喵喵聲述說母親的事。說到一半，她的手機發出響鈴。

說不定是信打來的。

我把火關掉，把煮菜用的筷子歸位，拿起手機。很可惜，是母親打的電話。

「喂？」

小不點跑去用紙箱做的磨爪板磨指甲。他被手機聲嚇到，心情不是很好的樣子。

「怎麼啦，美優？妳的聲音有點消沉喔。」

母親似乎也聽出我因為來電的人不是信，而大失所望。

「才沒有。」

「喔——原本以為是男朋友的電話，結果是自己的母親，讓妳很失望對不對？」

我還真的不知道被直接戳中心事時，該用什麼方式回應。

母親聽我沉默下來，繼續說：

「妳啊，什麼時候交了個男朋友？介紹給媽媽認識一下嘛。是什麼樣的人？」

「就說沒有了嘛。」

「好吧，算了。那麼，黃金週妳有什麼打算？」

「抱歉，有朋友要過來玩。」

「喔，男朋友嗎？」

「我才沒有說男朋友，是以前念大學的珠希！」

「喔——珠希啊。啊哈哈！我是無所謂啦，只是妳爸老是在喊寂寞，偶爾也回來給他看看嘛。」

「嗯。」

「那邊的米夠不夠？」

「還夠。」

「是喔，我都寄過去了。」

為什麼妳不在寄之前先問一下……

「那其他還需不需要什麼？」

「沒有。」

「是嗎，那再見囉。」

她說完最後一句，逕自結束通話。母親仍舊是老樣子，從來不好好聽別人說話。實在有點想不透，她怎麼會生出我這種女兒。抱怨歸抱怨，現在我也覺得寬心了點。自己好像從母親那裡得到活力。

乘著這股氣勢，我簡單傳一封訊息給信，然後去煮烏龍麵。

『黃金週有什麼打算？』

煮到一半，便聽到簡訊的提示聲。

『抱歉有工作』

就這五個字，對我的小不點隻字未提。

唉——我不禁嘆一口氣。

爐火開了又關、關了又開，烏龍麵一不小心便煮過頭。我倒入半包柴魚片，剩下的放上貓罐頭，分給小不點。

小不點聞到柴魚香，高興得不得了。今天可是豪華特餐喔。

我整理手機裡的相片到一半，發現一張與信的合照。那是我們去全日本最受歡迎的遊樂園時，跟吉祥物一起拍的相片。

看著看著，我的心逐漸往下沉。

小不點攀上我的大腿，從桌子跟我之間探出頭。

「這個人是我。」

照片中的我，表情跟遊樂園的氣氛有些格格不入。

「這個人，是我的戀人。」

在小不點的面前，我選擇如此宣言。小不點好奇地盯著這張照片。

夜間巡視的時間到來，我睜開眼睛，發現她還沒睡，挨著小小的照明操作手機。

我幾乎沒看過她像這樣熬夜，不過從身上的睡衣看來，她已經洗好澡了。

我輕手輕腳地巡視她的房間，以免打擾到她。確認沒有異狀後，喝一點盤子裡的水，吃光晚餐留下的食物，接著爬上她的大腿。

「還是算了。」

她低聲喃道，將先前輸入的文字刪除。

我抬起頭，看向她的臉龐。那張面容跟稍早吃晚餐時，她秀給我看的照片一模一樣，嘴角的笑容顯得有點生硬。

真希望自己也看得懂文字。我這麼想著，鑽進用她的毛衣鋪成的窩入睡。

三

黃金週假期，珠希依約來到我家作客。

我們先前其實討論過要不要出門旅行，但後來考慮到家裡還有一隻貓，最後便決定邀請她到家裡過夜。

我準備好菜餚，兩人拿罐裝啤酒乾杯。珠希帶了DVD過來，我們一邊觀賞，一邊天南地北地閒聊。

小不點很快便跟珠希親暱起來，露出肚子讓她撫摸。

「很花心喔～～」

珠希笑著說道。

「有朋友果然很重要……」

「男人啊！」

她聽到我這句話，忽然鬧起彆扭。看來她心儀的對象相當遲鈍，遲遲沒有察覺對方的心意。

這麼說來，我還沒跟珠希提過信的事。之前便一直在想，等我們正式交往後，要跟她報告一下。但我始終無法確定兩人究竟算不算交往，一拖便拖到現在，結果還是沒有說出口。

珠希只在我家過了一夜。不過，在這段短暫的時間中，我大概笑了整整一個月的量。多虧她的造訪，最近的陰霾一掃而空，我又燃起努力下去的動力。

在我任職的學校，有個學生的繪畫技術相當高超，看過的人無不發出讚嘆。根據資深講師的說法，每年都會有一、兩個才華洋溢的新生進入這間學校。我提到的這個學生叫做麗奈，她擅長用不存在現實中的色彩描繪自然景物。我總是滿心期待，她會交出什麼樣的作品。

雖然說麗奈交的作業很令人期待，她在講師跟學生間的評價卻不怎麼好。之所以如此，是上課態度的關係。

「我說美優，妳有男朋友嗎？」

她對我說話的口氣，彷彿是我的朋友。同事告訴我，這似乎是她對自己親近的證明。

「不告訴妳。」

在這裡工作久了，我也練就不為這種問題慌張的本領。

「感覺雅人好像喜歡妳耶。他上次交的那份人物畫，跟妳簡直一模一樣。」

會提到自己班上的男生，可見她仍然有小孩子的一面。

「好啦，趕快交作業。」

「是～～」

我接過麗奈的素描作業，果然還是好得沒話說。

麗奈回教室後，我想起她剛才的話，翻出雅人同學的作品。畫中的人物與其說像自己，我倒覺得比較像麗奈。

資深講師鎌田拿起麗奈的畫作。

「跟發展才能相比，不讓它流逝更加困難。宮澤賢治的詩也有提到：一切的才華跟能力，不會永遠跟著同一個人……」

說到這裡，他把目光放遠，吟出下一句：

「即使是人，也不會永遠跟著同一個人。」

最後那句話聽在我的耳裡，顯得格外沉重。

夏天來臨，我也交了一個女朋友。

她是叫做咪咪的小貓。

某天散步時，我發現這隻貓在我的地盤附近打轉。由於很少看到體型比自己小的貓，不忍心把她趕走，我決定放任不管。反正過一會兒，她自然會離開。

想不到從隔天開始，咪咪便在我散步時緊緊跟著。我為了避開夏日的強烈陽光，在影子間蜿蜒穿梭，結果不知不覺間，咪咪已經貼來身旁。

我不想跟她產生太多牽連，所以沒說半句話。

來到約翰住的地方附近，靜悄悄的林間忽然響起大片蟬鳴，我不禁退縮了一下。

「你知不知道，那是什麼聲音？」

咪咪開口問道。

「不過是昆蟲在叫。」

我如此回答。

「不～～對～～～」

她一臉喜孜孜的樣子。

「不然是什麼？」

「答案是……讓天空下雨的聲音。」

她的語氣如同跟我透露什麼祕密。

「騙人。」

「不相信的話，要不要等等看？」

於是，我跟咪咪站在一起，等待天空下雨——

過一陣子，雨還真的落了下來。

「我贏了，所以你要聽我的話。」

「我根本不記得自己跟妳打過賭……」

「不管，反正我贏了。明天也要一起玩喔！」

咪咪磨蹭我的身體，我嚇得往旁邊一跳，跟她拉開距離。

「知、知道了啦。」

「一言為定！」

過了一天，我再度跟咪咪一起散步，聽到蟬鳴，然後天空又下起雨來。

說穿了其實也沒什麼，午後陣雨在夏天本來就不是新鮮事。第三天，咪咪同樣等著我出來散步。

她黏人的功力實在一流。

某天，她帶我去一棟古老的木造公寓。

經過其他貓的地盤時，我都緊張兮兮的，咪咪卻一副無所謂的模樣。

不太牢固的雨窗向外掀開，一名年輕女性探出頭。她的臉上沒有化妝，頂著一頭短髮，看來是我不太擅長應付的類型。

「妳又來了嗎？」

看到有人靠近，我趕忙躲進停在附近的車底，咪咪仍舊一副無所謂的模樣。

「跟你介紹一下，她是麗奈。」

名叫麗奈的女性要咪咪稍等，接著從屋內拿來某樣東西，看起來應該是罐頭，但是味道跟我平常吃的完全不同。

「來，你們不要搶喔。」

咪咪分一些罐頭過來，我小心翼翼地開始吃。這是我第一次從飼主以外的人得到食物。這個罐頭的油層很厚，吃起來像鳥又像魚，是過去沒嘗過的味道。

回程途中，我們經過一座高大的鐵塔，塔上有鳥在築巢。

「幫我抓。」

咪咪盯著巢中的鳥。

「抓來要做什麼？」

我的肚子撐得要命。

「人家想要嘛。」

她的尾巴左搖右晃，似乎非常認真。

「那麼高，我根本爬不上去。」

「小氣鬼。」

咪咪還只是小孩子，所以我直接無視這句話。

「不理你了！」

她見我沒反應，丟下這句話便逕自離去。看來我還是比較喜歡成熟的人類女性。

同樣是某個外出散步日子，我在陰影下的水泥處乘涼時，咪咪又過來纏上我。不管何時何地，她都會像這樣纏上來。

「小不點。」

「什麼事？」

咪咪爬上我的身體，我咕咚一聲翻倒。

「我們結婚吧！」

「不是跟妳說很多遍，我早就有一個大人當戀人了。」

說著說著，腦中浮現她的面貌。

「騙人。」

「我沒有騙妳。」

我對壓在自己身上的咪咪回嘴。

「帶我去看看。」

「不行。」

因為我是她養的貓。

「為什麼？」

「不是說過很多遍了嗎……這種事情要等妳長大後再來說。」

咪咪還只是一隻小貓。

「小氣鬼。」

她不太高興地搖起尾巴。

「妳也有自己的主人吧?大概就是那種感覺。」

「麗奈不是我的主人,她只是給我飯吃。」

「不然,妳們是什麼關係?」

「我也不知道。」

我們繼續漫無邊際地聊著。

澄澈藍天的另一端,巨大白色的積雨雲冉冉伸長。

今天的蟬依然鼓譟,咪咪用沾濕的前腳抹幾把臉。不知從什麼時候開始,我跟她都能在無意識之間,察覺下雨的徵兆。

「最好在下雨前趕快回去。」

「下次再來玩喔。」

咪咪的語氣相當落寞。

「我會的。」

「說好囉,絕對要來喔!絕對絕對絕對要來喔!」

這樣的一來一往拖了老半天，結果我還在回家的路上，雨便降了下來。

咪咪乖巧地目送我離開，然後一個轉身，跑向某個不知名的地方。我想，八成是那棟木造建築吧。

原本遼闊無邊的天空，被黑壓壓的雲朵一口一口侵蝕。

我在雨中趕路時，腦中閃過一個想法：要是她跟咪咪一樣懂得撒嬌就好了。

今年暑假，我失去了要好的朋友。

回頭想想，事情明明就有預兆……我一直壓抑心中的不安，遲遲不把該說的話說出口，才演變成如此局面。這都是我自找的。

一切的起因不過是自己害怕去確認。

暑假的某一天，小不點或許感受到我的心境，一大早便不太尋常，在屋子裡到處亂轉。

接著，珠希依照先前約定來到我家。我們如同以往，聊著各式各樣的話題。聊到一個段落，她突然這麼開口：

「我明明很喜歡他的。」

我屏住呼吸。

打從一開始，我就要先確認這一點才對。

「妳應該也有察覺，不可能不知道吧？」

我從來沒聽珠希提過她喜歡信。

妳不說出口誰會知道——我一方面想對她抱怨，一方面又責怪起自己，怎麼不懂得從氣氛察覺出這種事情。

結果又是老樣子。我永遠不瞭解一般人看了便知的事，讀不出對方的話中之意，只是在話語海洋的表面載浮載沉。

當初知道珠希喜歡信的話，根本不會變成現在這樣。

我想如此告訴她，但又無法好好說出口。

「我跟他，早已沒那麼熱絡了。」

最後，我只吐露這句話。

珠希用可怕的眼神看過來。我第一次看見她露出那種表情。

小不點見我默不作聲，不再翻身秀出肚子，換上不安的眼神，抬頭看向我這裡。

手臂傳來他冰冷的肉球觸感。

珠希收回先前借給我的所有東西，離開這間屋子。其中包括一台沒使用過的大型食物處理機，那是珠希在婚禮續攤的賓果大賽贏到的獎品。

眼見她捧著巨大的箱子，消失在這個房間中，我意識到自己失去了一位好友。

我連著幾天打電話，過了三天，對方才終於接通。

「我們先前，到底算不算在交往？」

我好不容易擠出這句話。在緊張之下，聲音顯得有些嘶啞。至少長久以來的疑問，總算問出口了。為了得到這個答案，自己竟然耗費了那麼久。

「我們沒有在交往嗎？」

聽到信的反問，我第一次覺得這個人好狡猾。

「我沒辦法繼續跟你在一起。」

我如此告訴他。

「喜歡上了別的男人？」

他維持一貫的語調。

「不是的。」

「那為何——」

信如同以往，用平靜友善的語氣對我說起話。但是如今，我只覺得他的每一句話都好輕薄，無法讓人信任。信的話語之海看似廣袤無垠，實際上卻膚淺得可以。

「我不想聽你說那些。」

隨著衝口而出的話，我瞬間明白：啊……原來是這麼一回事。緊接著，我的口中不斷湧出話語，宛如要填補至今的空白。

其實，我可能早已察覺到珠希的心意。只不過，自己一直想裝做沒有察覺。

因此，我才遲遲不敢向信確認，我們到底算不算戀人。一旦答案是肯定的，我便等於背叛珠希。

我為此痛苦不已。可是，信應該很享受這樣的關係吧？

「我從來不知道，妳能說這麼多話。」

這是信對我說的最後一句話。

就這樣，我失去了好友，也失去了戀人。

時間已經是深夜，雨落在陽台的水泥地上，發出叮叮咚咚的聲響。
漫長的電話結束後，她開始哭泣。
我無從得知原因為何。這是我第一次看見她哭泣。
她把臉埋進大腿，哭了好久好久。
我想，她沒有做錯什麼。
我可是長時間持續觀察著她。
她永遠比任何人都善良，比任何人還美麗，比任何人更努力地活著。
「……小不點。」
她蹲踞在傾倒的椅子旁，含著淚水出聲，掌中的手機傳來結束通話後的單調電子音。
「小不點，你在那裡吧？」
她的手輕觸到我，悲傷立刻襲上我的身體，發出劇痛。
街燈冷澈的光鑽過窗簾，照亮我們。

頭上傳來她的聲音。

「拜託，有誰……」

我意識到，她與一個重要的人的關係結束了。

「有誰，來救救我……」

她持續不斷地哭泣。

唯有乘載著我倆的世界，故我地在無盡黑暗中旋轉。

夏天終於進入尾聲。

唧唧、唧唧、唧唧、唧唧——蟬發出頗為有趣的叫聲，我跟咪咪想模仿，卻怎麼也模仿不來。

我們跟著叫了半天，還是只發得出喵喵和咪咪聲。

那天之後，她一直沒什麼精神，還將長髮一把剪去。

染上明亮色彩的短頭髮，看起來非常漂亮。

如果她的表情也跟著開朗就好了。

她白天出門後，我也出發去找約翰。

這段時間，我跟那隻狗的感情越來越好，還聽他說了許許多多的事。

他知道很多我沒聽過的事，讓我每次都覺得滿載而歸。

起初有一段時間，曾經想過為什麼他都不聽我說話。後來瞭解他的聽力不好，我便能跟他好好相處了。

「嗨，約翰，我來找你玩囉。」

「喔，小不點。今天也很帥喔。」

約翰總是趴在那間狗屋，用不變的姿勢，把頭放在交疊的前腳上，像極了一座擺飾品。

「關於她的事情，我想為她填補心中的空洞。」

「小不點，我不是跟你說過，那幾乎辦不到嗎？」

約翰一臉憂傷地告訴我。

「畢竟你跟她，都已經不記得了。對吧？」

「不記得什麼？」

「我留有生命創造之初的記憶，所以不覺得寂寞。」

「生命──？」

「該怎麼說呢……這樣吧，你是否思考過，為什麼我們動物會分成男生跟女生？」

我一直覺得動物有兩種性別是很自然的現象，所以沒特別思考過。我老實地這麼回答，約翰聽了，悵然地嘆一口氣。

「在我們分成兩種性別前的時代，沒有什麼寂寞，大家都過得很幸福。」

「所以，現在大家都沒辦法過得幸福？」

「並不是這樣。」

牠露出緬懷的表情，娓娓道來。

「生命是為了延續下去，而分成兩種性別。」

「為了延續下去？」

「有了性別的生命，變得比之前更加強韌。」

「我實在感覺不出來。」

想到她哭泣的樣子，我便怎樣都無法認同。

「不妨稱之為愛情的力量，或需要別人的力量。生物正是以寂寞為代價，換取這股力量，藉以讓種族更堅強。」

儘管無法完全理解這般道理，我還是希望，她的寂寞跟悲傷不會完全沒有意義。

「我仍然記得，那段不存在所謂寂寞，萬物皆歸於一的幸福時代。世界形成之初相當單純，後來逐漸複雜化，才成為現在這個樣子。你知不知道，最初構成世界的元素，僅有區區幾種。在漫長得教人不敢想像的時間中，星星不斷地誕生又死亡、收縮，然後產生許多不同的元素。那個時候出現的分子，直到現在都還在我們的血液裡流動。細胞內的基因、你腳踩的地面，以及你喜歡的電車也一樣。這些事情我都記得。」

「我的身體裡，也有星星產生出來的東西？」

「沒錯。不只是你，你主人的身體裡也有。你們就是不記得這一點，所以覺得寂寞不已。」

——約翰是這麼說的。

聽過這一番話回去後，我整個晚上都在眺望天空。

如果約翰說的話是真的，代表我們所有生物一開始都是相連的。

這時，她來到我的身旁，蹲下身體。

約翰還告訴我，天上的每顆星光，都跟太陽一樣明亮。我越是思考，越覺得腦袋混亂起來，其他比較瑣碎的事情，好像通通都無所謂了。

真希望能把這些事情告訴她。

我們靠在一起，凝望夜空的星星。

遠方傳來行駛在高架軌道的電車聲。那是驅動世界的聲音。腳底下的這顆星球，乘載著我們繼續轉動。

四

季節依序交替，現在進入冬天了。

理應是初次見到的雪景，卻有種好久以前就看過的感覺。

我呼出一口氣，玻璃窗馬上起霧，蓋住外面的風景。

窗上的白霧浮現路上自動販賣機的燈光，非常美麗。

紅綠燈跟郵筒上積著純白的雪，所有東西看起來都煥然一新。

冬天的太陽較晚升起，所以她出門時，外面仍舊一片陰暗。

她剪短髮之後，圓滾滾的後腦杓就像貓的頭。披上厚重的大衣，相似度更加提高。

「我走囉。」

她跟過去一樣，把手放到我的頭上道別，然後打開厚重的鐵門。雪的氣息連同寒冷的空氣吹了進來。

她套上沉甸甸的靴子，走出家門。

一陣響亮的關門聲之後，是上鎖的聲音。接著，她步下公寓外的樓梯。

她對著纖細冰冷的手指吐出白霧的樣貌，清晰地浮現在我的眼前。

她踩著雪地謹慎行走，在頭頂上方遙遠處流動的雪成雲，想必正緩緩撒下雪花片。

我在屬於我跟她的屋子裡，等待她回來。

不知不覺間，我已經能夠一躍跳上桌子。她從雜誌剪下的聖誕花圈圖，成為這張桌子的裝飾品。

我看向窗外，街上積著層層白雪，巨人般的漆黑色鐵塔矗立在那裡。

雪吸收了世界上的所有聲響。

唯有她搭乘的電車聲，傳入我豎起的雙耳。

那是驅動這個世界的心跳聲。

在不斷變化的萬事萬物中，我喜歡這個不變的鼓動，並且接受了它。

我完全沒有能力解決她的問題。

我不過是待在她的身邊，度過自己的時間罷了。

第二話

初始之花

一

時間是夏天的漫長午後。樟樹的氣味溢滿周圍。

這棵生長過大的樟樹下，有一戶採光不良的住家，住家內的女子正在用松脂油調顏料。她對著張開的白色畫布，深深吸一口氣，閉上眼睛。

閑靜的住宅區裡，只有這棟老舊的公寓，在白天也吵吵鬧鬧。

這群住戶有的拿著樂器敲敲打打，有的打開收音機聽球賽轉播，外加生鏽樓梯不時發出咯吱聲響。不僅如此，這裡還有一股奇怪的味道，一般的貓絕對不會想靠近半步。

一般的貓最討厭的，莫過於強烈刺鼻的異味，以及吵吵鬧鬧的地方。

所以，我非常放心。只要待在這裡，便不可能受到其他貓欺負。

再加上我的耳朵不是很好，即使裡面吵得快把屋頂掀起來，我照樣沒有任何感覺。

公寓周圍是一片無人照料的庭園。我爬上庭園內生長得歪歪扭扭的大樟樹，凝望那名女子。

對方盯著空白的畫布，動也不動。

我生於初夏之際，對人類從事的活動還不是很瞭解。但是不管怎麼想，像她那樣一直盯著什麼都沒有的畫布，都不會是正常人的舉動。

過了一陣子，她總算有所動作。

她想也不想，直接在畫布中央拉出一條黑色粗線。

一陣酥麻貫穿我的身體。

她的動作充滿力道，看得我尾巴都豎了起來。

好厲害。雖然她的身體嬌小，頭髮的顏色也很奇怪，但真的好厲害。

在夕陽西下，路燈點亮之前，她就那樣不斷刷上各種顏料。原本空白的畫布，逐漸呈現我從未見過的景色。

說時遲那時快，她把頭轉過來。

那視線之銳利，有如將我牢牢釘住，使我一動也不能動。

「咪咪。」

她是那樣叫我的。

在此之前，任何人看到我，不是發出噓聲趕我走，便是叫我「小偷」、「野貓」。

這個人不但沒有趕我的意思，還拿出食物請我吃。浸在油裡的罐頭魚肉相當美味，而且自己還有了名字，我真的很高興。

所以從那天開始，「咪咪」就是我的名字。

樹上的那隻貓，長得跟我小學養過的一模一樣。

咪咪是一隻小白貓，最愛撒嬌的小白貓。每天放學時間，她總是在二樓的窗邊等待我回來；我在書桌上攤開白色畫紙畫畫時，她會爬上畫紙，尋求我關心的眼神。有時候躺到顏料還沒乾的地方，一身潔白的毛便染成五顏六色。

吃飯的時候，她會在餐具櫃上喵喵叫，彷彿想加入我們的對話。那模樣相當可愛。

回想起來，咪咪還在的時候，父母親也跟我同住。我們曾經一起吃飯，分享學校生活的點滴，一起為開心的事情歡笑、為難過的事情生氣。

不知從什麼時候開始，大家不再聚在一起吃飯，對話也越來越少。

如今，爸爸跟媽媽都搬去其他地方，跟他們各自的戀人同住。

高中畢業後，我便離開那個家，到外面獨自生活。爸爸跟媽媽都反對這個決定，但他們自己還不是那麼任性，所以我沒有聽從的必要。

我搬進一棟破舊髒亂的公寓，住在這裡的好處是不用付租金——說得正確些，是房東對我將來的投資。其實，這棟公寓的房東不是別人，正是我的外婆。畫圖免不了弄髒環境，如果是在本來就很髒亂的地方，便不必擔心這個問題。

目前我就讀美術專科學校。為了報考美術大學，我從高三那年的春天起，報名這裡的課程，可惜後來沒有上榜，所以淪為重考生。不過，現在我已經覺得考不考大學都無所謂，開始湧起進入職場的念頭。

最先想到報考美術大學的，不外乎覺得繪畫比念書輕鬆許多的人，競爭自然變得相當激烈。美術學校的大門相當狹窄，僅有極少數學生擠得進去。我明白這一點時，已經太遲了。

都是因為那些不想念書準備考試，天真地以為自己拿起畫筆，也能畫出什麼名堂的傢伙，像我這種真正有才華的人反而被擠掉。

我很清楚自己有繪畫的才能。

然而，那些美術大學出身、卻當不成藝術家的講師從不肯定我的作品。他們只會要求大家反覆制式化的練習。

一隻神似咪咪的小白貓，都會被我的作品迷上。

連貓都看得出價值的畫作，為什麼他們反而不懂得欣賞？

我敢說，學校裡再也找不到畫得比我好的人。

我生來擁有優秀的才華，所以自知即使吃了一些虧，也應該乖乖忍受。

像是長得比別人矮、染不出想要的髮色、大考落榜……

幸福與否，其實端看一個人的念頭。父母分居，甚至各自有了別的戀人，這點對我來說固然不幸，但我至少不用為經濟問題煩惱，還可以不花一毛錢，在外獨自生活。

考不上大學固然也是不幸，但我也找到了自己想從事什麼。這樣想想，便覺得是好事一件。

我決定走繪畫這條路。

揮動畫筆之時，腦中閃過各式各樣的思緒，我的精神將逐漸集中，最後眼裡只剩下圖畫。說不定是有外面那隻白貓當觀眾的關係，今天畫起圖來特別流暢。

儘管稱不上謝禮，我開了原本要做為晚餐的海底雞罐頭請她吃。看她埋頭於食物的模樣，我又想起以前養的咪咪。咪咪同樣很喜歡海底雞罐頭。

我閃過一陣飼養這隻貓的念頭。

雖然公寓沒有明文禁止住戶飼養寵物，這裡也沒人這麼做。大家不是懶散放蕩，就是沒錢，或是兩者兼具，完全沒有能好好照顧寵物的樣子。

話說回來，我自己也把錢用在繪畫用品上，從來沒有多餘的閒錢，所以也養不起那隻貓。

她叫做麗奈。我聽到她這麼說，所以知道名字。

除了她之外，我從來沒見過有人遇到貓時，會報出自己的名字。

麗奈的身上總是飄出奇特的味道，例如酒精、繪畫顏料、香水、異國香料，甚至是她不會抽的香菸。

這個人相當隨性，有的日子會請我吃東西，有的日子則不會。

沒請我吃東西的原因，十之八九都是太專注於作畫，所以也不能怪她。這種時候，我會改找公寓的其他人，或去其他地方討食物。公寓後方是一片荒蕪已久的花壇，中間有個灑水用的水龍頭，我隨時能在那裡喝到乾淨的水。

麗奈會分給我什麼食物，取決於她當時吃的東西。所以除了美味的食物，我也會吃到不想再吃第二次的食物。她心情好的時候，還會特別拿出貓罐頭請我享用。

麗奈提供我食物，但我不是她養的貓。

「抱歉，我不能養你。」

第一次見面時，她便這麼告訴我。

「因為，貓咪會死掉。」

這點我同意。貓的確活不了多久。

我披著一身純白色的毛，在兄弟姊妹中體型最小，再加上聽力有點問題，所以好幾次差點被汽車輾過，或是太慢察覺其他貓靠近，而遇上麻煩。

「不過，死掉也是貓咪的工作嘛。」

她又這麼笑道。

咪咪說不定是她曾經失去的貓。那樣的話，我就是咪咪二世。

麗奈說她自己是很擅作主張的人。

「所以，我才擅作主張給妳食物。」

她的確很擅作主張。有一次，我在陰涼的水泥地上睡午覺時，被她從後方一把拎住脖子，泡進洗臉盆裡全身上下洗過一遍。

「原來妳的毛這麼潔白啊，是個美女呢。」

我當下真的覺得死了算了，不過在她的一句「美女」下，心情立刻好轉。她的讚美讓我很開心。

我喜歡麗奈。

因為她是一個很堅強的人。

二

午後陣雨留下的大片積水，映照出蔚藍的天空。

從專科學校回家的路上，我思考著晚餐要吃什麼。這時，後方傳來男生叫我的聲音。是跟我念同一個升學班的雅人。

「什麼事？」

我特別停下腳步搭理他。

「班上同學在討論，暑假一起去游泳池玩……所以想說，妳要不要——」

這個人說話老是那麼拘謹，話都含在嘴裡，一點霸氣也沒有。

「不去。」

我想也不想地回答，繼續走自己的路。

「啊，果然……」

雅人發出遺憾的聲音，保持一段距離，跟在我的斜後方。

「好吧，游泳的事就算了——」

原來不重要嗎！
「聽說妳要退出繪畫班？」
我點點頭。
「我要出去工作。」
雙親也還不知道這件事，但我已經做好決定。
「是喔──」
他拖著聲音說道。
「要考大學的話，這裡也不是只有繪畫班，還有設計班啊。」
「不是那個原因。」
我開始覺得煩躁。
「不然，為什麼？」
「我想畫畫沒錯，但是為了考試而畫的畫，我只覺得無聊。」
這是我真正的想法。
「的確，我也這麼覺得。」
雅人乾脆地同意我的看法，反而讓我一下子反應不過來。

「不過，我覺得妳一定考得上。」

「是，是嗎……」

聽到他那麼說，我有點開心。為了繃緊原本的撲克表情，我的臉都快抽筋了。

「那麼，關於去游泳池的事……」

原來話題還沒結束。

「用不著管我，快回去畫圖啦。」

我的肚子燃起一把火。

「現在可不是我們這些廢柴玩耍打混的時候。」

「老師不是也說過嗎，人生中的體驗也很重要。」

雅人的興致絲毫不受影響。

「玩玩水算得上什麼人生體驗？」

「妳搞不好會在那裡遇到一場轟轟烈烈的戀愛，從此大大地改變人生啊。」

「無聊。」

班上誰跟誰在一起，之後又分開的事情，我早已見怪不怪。

當事者或許會覺得是特別的體驗，但是在旁觀者的眼中，那些你愛我、我愛你的戲碼都可笑得要命。

「妳真固執啊。」

雅人發出苦笑。

「秋天的藝術節，妳會參加吧？」

藝術節的作品競賽有參加年齡限制，可說是以藝術為志向的年輕人之登龍門。從時間上看來，現在差不多得開始構圖了。

「是有打算。」

「加油喔。」

「你也是。」

雅人聽了，睜大眼睛。這個傢伙，自己不打算參加嗎……

車站近在眼前，於是我們在此分別。

我是被棄養的貓。

還是小貓的時候，母親跟飼主夫妻都很寵愛我。我有五個兄弟姊妹，經常有很多人來觀賞，使母親老是緊張兮兮。不過那些人很呵護我，我也很樂在其中。

然而，那樣的日子持續不久。其他兄弟姊妹陸續被人類帶回去養，只有我遲遲得不到認領，徹底地被遺棄。大概是因為自己體型最小、經常吐奶、聽力又不好，而被認為個性特別冷淡吧。我是最柔弱的貓。

最柔弱的貓會最先消失，這是再自然不過的道理。

在麗奈的面前，我希望自己是一隻堅強的貓。

所以，我不在她住的公寓內定居下來，而是睡在樟樹上。一般的貓跟討厭的昆蟲都不會想靠近樟樹，讓我得以在此過著愜意生活。

此外，我不希望自己老是吃她給的食物，我也想要狩獵。這樣一來，我將變得更強。我想讓麗奈看到自己堅強的一面。

麗奈擁有的地盤似乎不只一處。她會離開公寓，前往某個地方，然後在傍晚回來。有時會在家裡待到中午過後，有時則是一大早便出門，直到深夜才回來，甚至徹夜不回。碰到那種日子，我的心總是揪成一團。

有一次，麗奈連續幾天都不在家，我不禁擔心起來，出去尋找她。那天，我遇到另一隻叫做小不點的貓。

小不點跟我一樣，有著漂亮的純白色毛皮，讓我看一眼便喜歡上。公貓動不動便想往我們撲上來，實在很恐怖，但小不點跟他們不同。

他看到我，只是輕鬆地「嗨」一聲打招呼。

「這裡是你的地盤嗎？」

「嗯。」

我內心驚了一下。想不到自己不小心闖入其他貓的地盤。

「那麼，你要趕我走囉？」

「我不會對小貓這麼做。」

「真是個紳士。」

總覺得，這隻貓滿特別的。

「我叫做小不點。」

接著，他告訴我自己的名字。

「……我叫咪咪。」

我慢慢靠至聞得到小不點氣味的地方，彼此嗅聞。

小不點的身上，有人類的味道。

「你是有人飼養的貓？」

「嗯，我是一名女子養的貓。」

「女子？」

「我不知道她的名字，也沒興趣知道。不過，她是我的戀人。」

「你真奇怪。」

「會奇怪嗎？」

「連名字都不知道，就說對方是戀人，當然奇怪。」

我帶著一點嫉妒，對他說出這樣的話。

「名字就只是名字啊。即使人類幫我取了『狗』的名字，我仍然是一隻貓。」

我第一次聽到這種說法，不禁感到不可思議。雖然還想再跟他聊一下，但我發現了麗奈的身影。她手上的白色大袋子裡，裝著某種圓形物體，我一眼便認出是貓罐頭。今天有得吃了！

「我們還會再見面嗎？」

「應該吧。」

「我不要應該，一定要再見面。」

儘管等不及想吃貓罐頭，我也想再見到小不點。

「那麼，下次再見吧。」

「說好囉，絕對要再見面喔！」

我們一言為定後，各自分別。

我飛奔到麗奈的跟前，「喵」地叫一聲，麗奈露出高興的笑容。

「咪咪，妳是聞到罐頭味道跑過來的嗎？」

我開心地用後腦杓對她磨蹭。

不知道小不點是否也會對他的主人這樣做——一想到此，我突然覺得難過起來。

那天過後，我們幾乎天天見面，偶爾還一起去找麗奈討食物。

小不點的狩獵技術非常糟糕，糟糕到一般的貓對他完全失望，都不會太奇怪。我是因為自己的母親也很不會狩獵，看到他那麼笨拙，反而湧起一股親切感。我希望學會狩獵的技巧，但實在沒有辦法。如果能靠自己捉到獵物送給麗奈，不知該有多好。總有一天，我要還她請我吃貓罐頭的恩情。

在蒸騰的暑氣中作畫，會產生抓起水管往頭上沖冷水的衝動。窗邊的冷氣機只會發出煩人的噪音，一點也無法讓房間涼快。

那些傢伙，現在已經在游泳池玩水了吧……

我用力甩甩頭，揮別「早知道就去了」的想法。

我要把人生奉獻給圖畫。

過一會兒，窗外傳來熟悉的腳步聲。是咪咪。而且今天還帶了客人來。

那位客人跟咪咪一樣潔白，脖子上掛著項圈。

既然是被飼養的貓，回去找自己的主人討食物好不好……

想是這麼想，但咪咪也有可能在其他地方要食物吃。所以我還是決定大方些，請他們吃海底雞罐頭。

咪咪一聽到蓋子聲便興奮起來，那模樣真的很討喜。我把海底雞倒在盤子上，端給他們，咪咪馬上開始大快朵頤。旁邊的客人也小心翼翼地吃了一口，海底雞的味道好像還讓他嚇一跳。

看著這兩隻貓，原本的心浮氣躁逐漸消退。我決定自己也找些點心來吃，於是走去冰箱，從冷凍庫拿出凍得硬邦邦的哈根達冰淇淋。

「有句話叫做『被褐懷玉』。住在破公寓裡，也不能忘記嘗高級冰～」

最近，我越來越常對咪咪說些有的沒的。咪咪埋頭於她的海底雞，不時瞄過來一眼。

儘管只比自言自語好一點，何況對方還是一隻貓，吃東西時有個聊天的對象，總是一件愉快的事。我在專科學校裡沒有聊得來的同學，勉強跟合不來的人待在一塊，又愚蠢得要命，所以我總是自個兒吃午餐。

我坐在窗邊，環視自己的房間。三張畫作進行到一半，缺了拉門的壁櫥裡塞著完成的作品。

沙發床、小書架、衣櫥、卡式瓦斯爐、流理台、小型冰箱、畫具、做為儲糧的速食麵——這就是我的小小世界。被顏料染成一片斑駁的地毯下，老舊的榻榻米跟地板不斷發出咯吱聲，牆壁更是薄到連隔壁再隔壁的說話聲都聽得見。

儘管房間狹小又髒亂，我還是很喜歡這裡。

麗奈的雙眼燃著熱切的光芒。我喜歡她堅強、自信滿滿的一面。那是柔弱的我絕對不可能得到的特質。

她揮動畫筆，塗上顏料，動作間不帶一絲猶豫。顏料的氣味撲鼻而來，不同色彩的氣味還略為不同，這點頗有意思。

我扯開喉嚨，用力喵了一聲。嗓門小的我不這麼做，便很難引起她的注意。

「怎麼，肚子餓了嗎？」

麗奈終於想起我的存在。她把心思留在畫布上，開了一個海底雞罐頭給我吃。

雖然這罐海底雞很鹹，我當然沒有挑嘴的分。

我埋頭吃到一半，忽地感覺到視線，而把頭抬起。

一隻老鷹赫然出現眼前。猛禽類特有的影子使我本能地產生反應，嚇得從窗邊摔下去。

麗奈見了，捧腹大笑。

「我真的畫得那麼逼真嗎？」

不用說，那根本不是真的老鷹，而是她的作品一部分。

仔細一看，那不過是一團顏料，根本沒有老鷹的形狀。可是，當下的我真的以為是老鷹。我從出生到現在，從來沒看過老鷹這種生物，身體的本能卻對自己發出危險警告。

麗奈實在太厲害了。

我為自己能待在她的身邊感到自豪。

我就這麼畫到太陽升起，稍微瞇一下，時間便已經過了中午。

去面向馬路的牛肉蓋飯店簡單解決午餐後，我又回到住的地方。

快抵達公寓時，正好遇到隔壁的女房客。她晚上在聲色場所工作，所以總是畫著濃妝。

「麗奈，有客人喔。」

她說話帶有地方腔調，聽起來很舒服。

「我知道了，謝謝您。」

我向她鞠躬道謝。幾乎沒有人來這裡找過我，真好奇會是誰？

不知為何，腦海浮現雅人的面孔。明明不可能是那個人。

走到公寓門口，發現在那裡等待的是一名女性。對方的服裝不同於往常，使我一下沒有認出來。

「妳回來啦。」

原來是我們學校的教務老師。

「咦，美優？妳怎麼會來這裡？」

經我一問，美優難為情地笑笑。

「我想說，妳家就在這附近……雖然老師像這樣造訪學生家，其實不太好……」

美優說得有些吞吞吐吐。不過，我也大概猜得到她來這裡的理由。

「總之，不用在意那些小節。」

我打開自己房間的門。

「進來吧，雖然裡面又小又亂。」

這麼說並不誇張。要讓老師進來的話，我應該事先將屋內整理乾淨。不過，現在說這些都已經太遲。

美優一看到我的房間，馬上倒抽一口氣。但她不是為裡面的慘況驚愕，而是看我我的美術半成品看得入神。
「太厲害了……簡直是大作等級。」
我聽到她的反應，高興地在心裡比出勝利手勢。
「不知道什麼時候能完成就是。」
窩在沙發床上的咪咪，睜開眼睛看著美優。
「妳的反應跟這隻貓一模一樣。」
我搔了搔咪咪的下巴。
「哎呀，妳有養貓？」
「不太算，是她自己待下來的，有點像半家貓吧。」
「那代表她很信任妳，跟妳很親近了呢。」
「是嗎？」
我洗過手，再把杯子沖一遍，倒入用水泡的麥茶。
「謝謝妳。對了，我自己也有養貓。」
「是喔。」
「跟這隻貓一樣是純白色，不過是公的。」

我想起之前咪咪帶來的白色貓咪。要是真的那麼巧，也太不可思議了。

「最近，妳好像都沒來上課。」

接著，美優開門見山地說道。

「因為我最近沒去。」

她看著我的臉，「呼」地吐一口氣。

「麗奈同學，接下來的話是我個人的想法，而不是教務老師的意見，希望妳好好聽。我可能沒資格說這種話……可是，觀察過那麼多學生後，實在很想對妳說……」

她委婉不敢說出口的樣子，使我逐漸不耐。

「大聲說出來吧。」

「空有一身繪畫的才能，未來不會過得太順利。」

這句話直搗我的內心。

「我知道。」

我的口氣不禁衝了起來，手指也開始顫抖。

「所以，麗奈同學，要不要再挑戰一次美術大學？」

美優凝視著我的雙眼。

在我心中的某處，其實一直期待著這句話。
不過，我實際說出的話，卻非自己的本意。
「就算從美術大學畢業──」
我也很清楚自己沒有正面回應美優。
「那是畢業的人才能說的話。」
我完全被駁倒。美優的話聽起來很溫柔，但也會在我的心底迴盪。
「妳真嚴格。」
這次，我發自內心說道。
「要去工作也是可以。不過，一邊忙工作一邊抽時間畫畫，可是很辛苦的喔。」
這種事我也知道。
「我沒問題的。」
我憑著一股不服輸的氣勢如此誇口。缺乏根據之下，聲音變得格外洪亮。咪咪被我的氣勢嚇到，開始顯得不安。
「若想進入美術的世界，不能只靠能力。先不提這究竟是好是壞，沒念到美術大學畢業的話，別人根本不會把妳放在眼裡。」

我還來不及開口，美優便接著說下去。

「若是被哪位評論家發掘，而被視為非主流藝術，自然另當別論。」

這一點我明白。

「沒問題的。我的畫作不管到哪都吃得開，而且我也正在準備參賽用的作品。」

美優聽了，發出「呵」的輕笑。

「有什麼好笑的？」

忽然有種被看不起的感覺。

「啊，不好意思。我是覺得妳真的很棒。如果我也跟妳一樣有自信，人生說不定會很不一樣。」

我不認為她在說謊，或找話題蒙混過去。

「怎麼，為男人困擾？」

隨口套一下話，她很快便慌張起來。

「不是那個樣子……」

看來我直接猜中了。這個人真好懂。

「用不著擔心啦。妳人好得要命，還會擔心我，特地跑來找我。個性那麼善良，對方一定感受得到啦。」
「真的嗎……」
為什麼最後變成我安慰美優……這到底是怎麼樣？
咪咪打一個呵欠，又在沙發床上窩成一團。
「總之，我會想想妳說的話。」
「拜託囉。還有……」
「學校我早晚也會去的。」
「謝謝妳。」
美優對我露出笑容。

離開麗奈家的那個女人身上，有小不點的氣味。
我懂了，她就是小不點的戀人。
從這天開始，我的心情一直不是很好。我認定心情不好的理由一定在小不點身上。然而，實際上不單純是那樣。

三

美優勸我報考美術大學。

但我遲遲決定不了要升學或出去工作，一拖就是整個夏天。

暑假的最後兩個星期，我在專科學校的介紹下，進入一間公司當實習生。老實說，我連自己曾經報名過，都忘得乾乾淨淨。

「實習生」只是好聽的說法。說穿了，不過是免費幫他們做工。起初我還打定主意直接放他們鴿子，後來聽說工作地點是連我都聽過的知名設計事務所，馬上有了一百八十度的大轉變。那間公司設計過賣座電影的標誌，還負責過暢銷漫畫的裝幀。

這間事務所位於精美的街區，很符合它的風格，只是離我住的公寓有點遠。我好久沒過這麼規律的生活了。

上工第一天，我難免覺得緊張。我分配到的工作都是些撰寫會議記錄、貼信封之類，任何人都做得來的雜務。不過，能就近觀察職業設計師如何工作，也算是一大收穫。

這是我頭一次看著專業人士在自己的面前工作。每個人做事都很迅速。為了製作一件作品，得設計數量非常龐大的樣稿，也讓我印象深刻。雖然我只是打雜的，能幫上他們的忙，還是覺得很開心。

更讓我開心的，是這裡的午餐。

公司附近有很多高檔餐廳，每天都由不同的人輪流請我去各家店吃午餐。每一家店都好吃得讓我大為驚訝。

我這也才明白，自己平常吃得有多隨便。美味的一餐能帶給人們活力與衝勁。本來以為來這裡儘是做些枯燥工作，外加沒有酬勞，所以感覺興趣缺缺，但我現在開始覺得，自己不是在做白工。

我跟咪咪一樣，完全上了食物的鉤。

設計事務所的人跟我們實習生相處起來，沒有什麼距離，三不五時便來關心一下。其中特別照顧我的，是一位大家喚為「老大」的男子。

老實說，老大給我的第一印象糟糕透了。我沒見過哪個噴香水的男生，會是多麼正派的傢伙，例如我的老爸。老大年輕歸年輕，但是跟我的老爸有些神似。

聽說決定錄取我的，即為這個人。

我將過去的作品整理成冊，老大看過後，對我大大地讚美。

吃午餐時，我興奮地大談自己正在畫的作品，他也一臉開心地聆聽。

「下次讓我看看嘛。」

老大露出爽朗的笑容說道，我也心生讓他欣賞自己畫作的念頭。連咪咪跟美優都驚訝的作品，肯定能讓他相當滿意。

「雖然我住的地方很髒亂，隨時歡迎你來。」

我自豪地回答。

雖然很想早一刻讓老大欣賞，不過事務所逐漸忙碌起來，實在不是邀請他到我家的時候。有些人忙到直接在公司過夜，我自己也是從早到晚忙得團團轉。

大家像這樣一起趕工，像極了校慶的前一天最後準備，我過得很愉快。我不是這裡真正的一分子，心態上固然比較輕鬆，每次幫忙出去買便當，受到他們感謝時，還是為自己能幫上忙感到高興。仔細想想，自己在此之前，幾乎沒有做過對別人有用的事。

「辛苦了！」

熬過最忙碌的階段後，大家辦了一場慶功宴。我是唯一未成年的人，所以喝的是可樂。畢竟自己是透過學校介紹，才得以進入這裡，還是別添什麼麻煩吧。

老大記得很清楚，自己說過要去看我畫的畫。本來以為前一陣子那麼忙，他早已拋到腦後，所以我聽到時非常高興，兩個人交換了手機號碼。

「那個人最喜歡年輕小女生，妳自己多小心啊～」

後來在洗手間，一位女性設計師這麼對我咬耳朵。

這就是傳說中的「女人嫉妒心」嗎！

我當時是這樣想的，但事後證明我錯了。

隨著夏天進入尾聲，我的身體開始出現變化。我即將從幼貓轉為母貓。

我想跟小不點生下小孩，想要得不得了，所以直截了當地對他說：

「我們結婚吧！」

「不是跟妳說很多遍，我早就有一個大人當戀人了。」

又是這句話。我起了確認的念頭，確認是否就是去過麗奈住處的那個女人，對方又有多大的能耐。

「帶我去看看。」

「不行。」

「為什麼？」

「不是說過很多遍了嗎……這種事情要等妳長大後再來說。」

聽到他這麼說，我難過得鬍鬚、耳朵跟尾巴都垂了下去。

貓跟人類談戀愛，未免也太可笑。你去跟她談一輩子好了！

我鬧著脾氣，用力踩地面發出聲音，來到麗奈的工作室。

從我的專屬樟樹望向麗奈的房間，她正在跟某人講電話。

「咦——才沒有啦——」

平常的麗奈絕對不會發出那種嗲聲。

那個人不是麗奈。我所知道的麗奈，應該更堅強、更剛毅，不會對任何人諂媚。

當下的我湧起一股無名火，內心有如被染成黑色。現在不論是什麼獵物，八成都會淪為我的爪下亡魂。

那樣的我，肯定出了什麼問題。

我難得散步到遠處。途中經過陌生的草叢、陌生的圍牆，四周儘是從未見過的景物、從未聞過的氣味。若是平常的我，想必害怕得要命，今天的我卻一點都不怕。

結果，我太過大意，不小心闖入其他貓的地盤。

啊，感覺好像有點危險……

當我這麼想時，已經來不及了。一隻目光銳利的公貓擋在我的面前。他是無人飼養的貓，體型卻很大。貓吃過的飼料越多，也就代表越厲害。

他身上的毛黑一塊、白一塊，側腹部有一大塊傷疤，豎起的尾巴頂端彎成直角。

我在心中幫他取名為「彎尾巴」。

彎尾巴打量著我，似乎在對我品頭論足。

我往前踏一步，他立刻用目光透露「不准再靠近」的訊息。

「我要那個。」
我的聲音甜得連自己都不敢相信。
「啊？」
彎尾巴也很訝異自己聽到什麼。
停車場的碎石堆上，有一隻長尾巴的鳥在啄東西。
彎尾巴看了一眼，不聲不響地開始行動。他從圍牆上逼近小鳥，將全身肌肉蓄滿力量，一口氣往下跳，準確地咬住小鳥的頸部。小鳥不斷拍動翅膀，掙扎著想逃脫。
「好厲害！」
他的技術太高超，我只發得出這句讚嘆，全身的毛也都豎了起來。
小鳥的生命迅速消逝。彎尾巴把這隻再也不會動的獵物丟到我面前。
「這沒有什麼。在昏暗的地方，鳥的視力會變差。」
他的語氣像極了教導小孩的父母。這時我才明白，彎尾巴是比我年長很多的貓。
「我叫做咪咪，你呢？」
「我沒有名字。」
「那麼，可以叫你彎尾巴嗎？」

「隨妳高興。」

彎尾巴轉身離開，我則跟了上去。

啊啊，我果然是一隻貓。身為貓的本能驅使著我行動。

那天晚上，我跟彎尾巴發生了關係。

夏天即將進入尾聲。

隔天，我照樣跟小不點見面。他絲毫沒有察覺我前一天發生了什麼事。樹上的蟬發出奇怪的唧唧叫聲，我們想模仿，卻怎麼也模仿不來，只被自己的聲音逗得哈哈大笑。

之前每次見面，我都會跟小不點說「我們結婚吧」。但是從這天開始，我再也沒有提這句話，就這麼跟他分別。

我們也沒有約明天再見面。可是，小不點什麼都沒說，頭也不回地回去主人身邊。

看著那樣的他，我的尾巴不禁垂下。

這幾天，麗奈難得顯得心神不寧，一點也沒有察覺我的心情。

我懷著無處發洩的情緒，埋頭睡覺。

「工作應該快有著落了。」

麗奈的心情大好。

「我當實習生的事務所老大，對我很有好感。」

「我果然很有才華。雖然自己早就知道了。」

「雖然工作可能很辛苦，去當他們的員工，應該也不錯吧？」

麗奈那股不受動搖的堅強，在我眼裡是多麼耀眼。

聽過麗奈的話，我忽然想到，每隻貓都擁有各自的地盤。這些地盤有的大、有的小，不過，一塊地盤裡只會有一隻貓。

人類則不一樣，同一塊地盤內會擠很多人。這樣看起來，他們的關係似乎滿友善的，但那只不過是假象。實際上，一塊地盤內只有一個人把持大權。像是麗奈那些專門繪畫的人，他們長期在狹小的地盤內爭奪，踢掉絕大部分的人，最後照樣只有夠堅強者才能留存下來。

麗奈相當堅強，所以至今從未敗給別人過。

人類的地盤還有一點很奇特，那就是日子一久，他們免不了開始爭奪其他地盤。過去，任何一塊地盤都很寬廣，現在則變得小得不得了。聽說經常有一大群人爭得你死我活，只為了得到僅能容納一、兩人的地盤。

不過，我想麗奈不會有問題才是。她那麼堅強，又充滿自信，不可能輸的。

四

習習涼風吹起，宣告秋天的到來。

麗奈住的公寓周圍，那些隨意生長的樹木逐漸換色，唯有樟樹保持一片青綠。不過，樹上圓潤的果實也開始成熟。

我踩著由金黃與紅銅色落葉鋪成的路，深吸一口秋天的氣息。

我的身體比之前長大不少。

過去總是來去自如的地方，現在常常被卡在中間，惹來麗奈的一陣笑。

今年秋天，我們經歷了一場強烈颱風。

戶外的一切無不受到風雨侵襲，幾乎變得四分五裂。

那一天，麗奈特別讓我進入破舊的公寓，陪我度過颱風夜。

那天夜裡，小時候對颱風的恐懼在腦海甦醒。整棟公寓被吹得嘰嘎作響，外面還不斷有東西撞上雨窗。

不過，麗奈倒是相當鎮定，繼續專心畫她的畫。

度過難以入眠的夜晚，第二天一早，我看見湛藍的天空時，本能地察覺到某樣決定性的變化。

前來告知我彎尾巴死訊的，是一隻像木桶般胖嘟嘟的貓。

這隻貓自稱「黑仔」。

「聽說妳跟他處得滿好的。」

「『他』？」

「尾巴像這樣彎過去的傢伙，妳知道吧。」

「彎尾巴？」

「原來妳那樣叫他，看來是沒錯了。他很喜歡妳取的名字，畢竟野貓幾乎一輩子都不會有名字。」

黑仔說到這裡，暫時打住。

「那個傢伙死了。」

「這樣啊。」

我乾脆地接受彎尾巴死亡的事實。

「妳不驚訝嗎？」

「因為我有感覺到。」

世界發生如此巨大的變化，我便體認到，肯定出了什麼事。

「所以，他的地盤就是妳的了。」

「咦……」

比起彎尾巴的死，這件事比較讓我訝異。

「為什麼？不是會有其他貓去搶？」

「這是這裡的規矩。」

黑仔說得一副理所當然。

「我已經傳到話啦。」

他說完，轉過身去。

「啊，謝謝你。」

我要感謝他前來告知，但他會錯我的意思。

「這不是我決定的。要謝的話去謝約翰。」

「約翰？」

「一隻狗。」

黑仔的身體胖歸胖，動作倒是很敏捷，一下子便消失無蹤。

我並不覺得悲傷，只覺得好睏好睏，抵擋不住倦意。於是，我到麗奈的房間睡了好一陣子。

麗奈最近經常不在家。

之後，黑仔又回來這裡。

「記得去巡視地盤啊。」

他只留下這句話便離去。

我沿著彎尾巴的地盤漫步。這裡是鏽鐵板的廢工廠，廠內的水溝幾乎乾涸，裡面積滿垃圾，一整片的水泥牆被廢氣燻成烏黑。

彎尾巴的地盤只能用荒涼形容。原來在那麼久的時間裡，他只能看著這樣的景象。

空蕩蕩的停車場一隅，開著一朵淡紅色的波斯菊。

看到的當下，我立即明白，彎尾巴就是在那裡嚥下最後一口氣。絕對不會錯。

我頓時難過得內心快要碎裂。

真希望麗奈能來安慰我。

但是我又感覺到，現在不可以去找她。

我真的好軟弱。即使身體長大，內心仍然跟小貓一樣。要是麗奈發現我是一隻軟弱、派不上用場的貓，說不定再也不會理我，就像第一任飼主將我遺棄那般。

麗奈今天也不在家裡，好像是去做什麼實習之類的東西。反正，這樣對我來說也正好。

我在她房間的屋簷下，嗅著淡淡的顏料氣味，埋頭睡了好久好久。

我聽見車輛的聲音，睜開雙眼。四周已經完全暗下。

房間內傳來麗奈的聲音。現在肚子也差不多餓了，我恢復心情，開始用爪子抓雨窗。平常的話，麗奈總是立刻探出頭來。

然而，她今天卻沒有要出來的跡象。

一直以來，這個男的眼中只有我的身體，壓根兒沒看過我的畫。

他跟美優不一樣。進入我的家裡，根本不看我的畫一眼。

回頭想想，搞不好他一開始便是這個樣子，只是我不想承認。我希望相信，他是真的認同我的才華。

老大開車載我回家。一路上，他不斷對我說些虛情假意的話，我也聽得很開心。

我真是個大白痴。

此時此刻，我被推倒在沙發床上。

老大身上的香水味，讓我快要吐出來。

我根本不是這個意思。

他心裡在想什麼，我再清楚不過。以形式上來說，其實是我主動誘惑他。

「那個人最喜歡年輕小女生，妳自己多小心啊～」

我現在才明白，當時那位女性設計師是真的在警告我。

這也算是工作。如果我乖乖聽老大的話，說不定真的能得到工作。這也是一種人際關係。

——乾脆順從他的意思吧。

才剛閃過這個念頭，我的胃底馬上湧起強烈的憤怒。

哪怕只有一瞬間，我也無法原諒自己產生那種念頭。我絕不能欺騙自己。

這個傢伙用散發香水味的手，開始在我的身上遊走。我既害怕又羞愧，只能任他擺佈。

「妳真可愛。」

他的聲音讓我很不舒服，身上還起雞皮疙瘩。

「住手。」

他並未就此停下。

「別碰我！」

我從丹田吼出聲音，身體終於得以動彈。我抓起手邊的東西，往老大的臉上砸。

那是先前穿著的夾克。

老大往後縮了一下。我趁機要爬起身時，又被他從背後壓住。

「不是說別碰我嗎！」

我扭動身體，用手肘瞄準他的腹部，用力頂上去。

完全命中。效果甚至好得過頭。

老大滾落沙發床下，堆放在旁的書本跟畫布跟著傾倒。

「喂，麗奈~妳不是說真的吧？」

他輕浮的笑容看了就噁心。我已經不害怕他了。

「當然是真的。給我出去！」

我又拿起手邊的雜誌，用力甩向他的臉。

「妳好像誤會了……我們好好談嘛。」

我怎麼可能再上一次他笑容的當？之前竟然還想著討好這個傢伙，自己真是太丟臉了。

置放畫布用的三腳架有一腳鬆脫。我抓起那一隻腳。

老大見狀，倒退幾步，隨即離開房間。

我握著鬆脫的畫架腳，癱坐到地上。

這時，房間的門再度打開。難不成他又回來了？我瞬間繃緊神經。不過，探進來的人是隔壁的大姊。

「麗奈，妳還好吧？」

她畫濃妝的臉感覺好可靠，我幾乎要哭了出來。

淚水即將溢出眼眶的那一刻，我突然燃起一把怒火。

那個混帳，竟敢把我弄哭！

「站住！」

我套上涼鞋，拔腿往外面衝。

老大正在他的愛車前抽菸。那是他相當自豪的愛車，好像是法國製造的吧。他的姿勢真教人作嘔。

老大露出賊笑，瞥過來一眼。那個傢伙八成在想，我特地跑回來是要跟他說什麼。

「給我站住！」

他見我這麼激動，急急忙忙地鑽進車內。

我憤而用力踹了車門一腳。車門發出教人懊悔的聲響，車體也凹了一大塊。

公寓裡的住戶聽到騷動，紛紛出來看個究竟。

老大趕緊發動車輛，離開這個地方。他大概驚魂未定，車子開得歪歪扭扭，弄得其他駕駛不停對他大鳴喇叭。

「喲，麗奈！」

隔壁的大姊發出類似歌舞伎的吆喝聲。

其他人也跟著起鬨，甚至響起一片鼓掌。

「看什麼看！」

我大喝一聲，回去自己的房間。

那個傢伙的香水味尚未散去。我很氣他，同時也很氣自己，怎麼會那麼傻。

我打開窗戶，讓室內的空氣流通。

咪咪鑽進屋內，安安靜靜地靠上來，溫暖的身體成為我最大的慰藉。

「咪咪，今天留下來陪我。」

這天夜裡，我跟她一起入眠。

短時間內，我不願意再想任何事情。

季節更替，冬天即將到來。跟關在工作室畫圖比起來，最近的麗奈更常做其他事情。

她開始看書、製水果酒，或做做手工藝。總之，她是個靜不下來的人。雖然手邊總是有東西忙，但就是不去畫畫。

麗奈搬出暖被桌，我窩在裡面的次數越來越頻繁。沒辦法，誰教裡面實在太好睡。

第二學期開始了。

由於之前蹺課蹺得太凶，我跟不上現在的講課內容，實習課也因為時間不夠，交不出什麼像樣的作品。只能怪自己在放假期間，完全沒碰那些作業。

我在課堂上睡覺，被講師點名離開教室，我乖乖照做。

在校門口喝飲料喝到一半，美優走了過來。總覺得好久好久沒看到她了。

「謝謝妳回學校上課。」

美優用自己買的罐裝咖啡，輕敲一下我手中的飲料。

「因為想妳啊。」

她聽到這句話笑了。不過，我是真心的。

關於老大的事，我用電子郵件把整起經過散發給事務所內所有認識的人，對校方則隻字不提。至於美優是否知道這件事，我無從得知。

「結果，妳沒有參加比賽嗎？」

美優這麼一說，我才想起藝術節的事情。徵件時間早已結束。

「我們學校只有雅人同學交件。就是跟妳同班的那個人。」

原來他真的參加了。

「夏天之前的比賽，他也得過獎，現在被擔任評審的桐谷老師收為門下。」

那個傢伙，才一陣子不見，竟然已經……

「是喔，很厲害耶。」

我希望自己真心誠意地說出這句話，但是臉上的笑容相當生硬。

「所以，妳也要好好努力喔。」

美優的這句話沒有惡意，聽起來卻格外刺痛。

「嗯。」

我大大地嘆一口氣。

「其實，我也想通了。我一直以為自己很有才華，那群大叔哄個幾下，立刻被迷得暈頭轉向。可見我還是太嫩了。」

美優不發一語地聽著。

「沒錯，妳還只是個菜鳥中的菜鳥。」

背後冷不防地冒出粗啞的聲音，我轉過頭去。

「鎌田老師。」

這裡的資深外聘講師，手上正拿著香菸盒子。

「人家說到一半，不要突然插進來啦！」

我瞪一眼他稀疏的頭髮，想著是不是應該拉個幾把。自己有多膚淺，自己當然再清楚不過。

「不過，能自己察覺到的話，多少還有點希望。」

他留下這句話，便快步走向吸菸區。

這搞不好是對我的最大打氣。儘管如此，我還是無法打起精神。

雅人他真的努力去做了。反觀我自己，最後只是一事無成。

麗奈整個人倒在床上，我躡手躡腳地挨過去。

「輸給他了……我何止輸給他，從一開始便失去競爭的資格。搞了半天，我連一件事都沒有做好。」

她撫摸我的身體。

「我以後會變成什麼樣子？我除了畫畫，什麼都不會……咪咪，報應全都來了。我以為對方比不上自己，對他說過沒有才能、趕快放棄之類的話，現在全都、全都……」

她開始顫抖。

「救救我，我討厭死自己了……」

我輕輕舔掉從她臉上滑下的淚滴。淚滴是溫的，有著麗奈生命的味道。

她失去了那份堅強。我真的好久好久，沒像這樣想起小不點。

五

上次見到小不點，已是好久好久以前。現在看起來，他的身體比我想的還要小。不過，也有可能是因為我長大了。

小不點不顧我的見外，如同跟昨天才見過面的朋友聊天似地，馬上打開話匣子。

「放心啦，不會有問題的。」

他不斷地向我保證。

「為什麼你知道不會有問題？」

跟他在一起的時候，我總是無法克制自己的聲音不要撒嬌。

「世界上沒有人堅強到完全沒弱點，同樣也沒有人軟弱到只有弱點。」

「還有，恭喜妳。」

他看著我鼓起的腹部說道。

這裡面有一隻小貓，是我跟彎尾巴的孩子。

我比小不點早一步成為大人了。

過去的我百分之百信任他的每一句話，現在卻無法打從心底相信。我只覺得強烈地不安。

我開始為生產做準備。我再也不是原本的我，宛如自己產生兩種人格。我非常軟弱，同時又得為生產的那一刻保留體力。

我具備勇氣，以挺身面對任何要奪走小孩的事物，但又懼怕身體接下來將發生的變化。兩種心情攪在一起，形成漩渦，連我都越來越搞不懂自己。

在這當中，只有一股信念特別堅定。

那就是，絕對不能給麗奈添麻煩。

麗奈的心受了傷，正處於軟弱的時期。我不想再讓她操心。

隨著生產的日子接近，我的行為越來越自動，有如受到本能驅使一般。我的本能瞭解所有事情。

我鑽進公寓內的公共倉庫，到處蒐集破布，在滑雪板跟厚紙板堆之間，鋪出自己的床。冬天的嚴寒，逐漸剝奪我的體力。

陣痛開始時，我便曉得自己撐不到生產結束。
我的個子小，耳朵不好，身體是兄弟姊妹間最差。這些並不會因為我成為母親，而有所改變。
第一隻小貓平安產下。我撕開羊膜，讓他呼吸。聽見小貓發出細微的叫聲時，我感到無上的喜悅。能夠活著，真是太好了。
「……咪咪……」
我聽到彎尾巴的呼喚。
偏偏我的耳朵不好，這種時候聽不清他在說什麼。
「什麼事，彎尾巴？」
我想靠過去，聽清楚他說的話。不知道什麼時候，周圍開滿淡紅色的波斯菊，我還嗅得到美妙的芬芳。
彎尾巴逐漸離我遠去。
「等等我……」
這時，身上竄過一陣劇痛。
「好痛！」

我的尾巴被咬了一口。那一剎那，彎尾巴跟波斯菊消失無蹤，我瞬間回到幽暗的倉庫。

咬住我的尾巴的，是小不點。

「你在這裡做什麼？」

我為自己的地盤被擅自闖入感到憤怒。

「我去叫妳的主人來。」

小不點冷靜地說道。

「不要多管閒事！」

我氣到全身的毛直立起來。

「再那樣下去的話，妳會有生命危險！」

他不理會我的怒吼，跳入外面的雪地。

我的堅強，沒能撐到最後一刻。

我再也分不清痛的是身體，還是自己的心。不過，我覺得好痛好痛。

麗奈絕不可能拯救這樣的我。

這一陣子完全沒看到咪咪的蹤影。說不定連她都棄我於不顧。

虧我準備好貓罐頭，等待她出現……

這時，窗外竄過某個白色物體。

咪咪？

我打開窗戶，發現是一隻戴著項圈的白貓。我對那隻貓有印象。很久以前，咪咪曾經帶他來過。

那隻貓跑了出去，像是催促我跟上。

我感到胸口一陣騷動，隨即追了過去。

他帶我來到公寓的公共倉庫。裡面多了一群剛生下來，發著微弱叫聲的小貓，以及滿身是血的咪咪。

「怎……怎麼辦？」

我大吃一驚，同時意識到自己非得做些什麼。我拿出手機，從通訊錄裡一個一個撥電話。

最先接通的，是雅人。

「我馬上過去。」

雅人聽了我支離破碎的話語，二話不說，叫了一輛計程車直奔而來。

六

第二年的春天終於來到。

麗奈的工作室擠滿我生下的小貓。

一位叫做雅人的男子，帶著我跟麗奈去醫院，讓我得以在那生完小貓。我的腹部在當時留下一個大傷口，雖然不怎麼美觀，至少能跟彎尾巴湊成一對。

麗奈的兩隻眼睛，盯著我的孩子猛看。

絕對不可以把他們丟掉喔！我不會讓妳這麼做的。

「別露出那麼可怕的表情嘛，咪咪。我一定會幫他們找到很棒很棒的主人。」

麗奈確實履行承諾，逐一打電話給認識的人，請他們認領我的孩子。來到這裡的人果然如她所說，都是願意負起責任的好主人。這可是我一一親眼確認過的。要是遇到看不順眼的傢伙，我會把自己的孩子藏起來。

麗奈將我跟五隻小貓畫成一幅畫。

我看著那幅畫，想像他們是不是過得很好。

另外，還有一件事情改變。我生下小貓，養育他們成長後，自己也完全在麗奈的房間定居下來。

我成了麗奈飼養的貓。

所以，我是她的貓。

第三話

午睡與天空

一

我跟我的好朋友鬧翻了。

我最喜歡麻里。我們從念小學起，便從來沒分開過。

我們是在小學四年級認識。麻里生過重病，請了一年的長假，所以她實際上比我大一歲。不過，我們完全不以為意。

「第一次見到妳的時候，我覺得好像看到了我自己。」

這是麻里後來告訴我的話。我第一次見到她時，也產生一模一樣的想法，所以相當開心。

我們不論在學校或在家裡，總是玩在一起，所以兩家人也很快地熱絡起來。雖然我是獨生女，認識麻里之後，我便覺得自己好像多了一個親姊姊——不對，真要說的話，即使我本來就有姊姊或妹妹，大概也很難相處得這麼好。

或許因為我們總是相處在一起，外表跟個性越來越相像，連老師跟父母都快分不出誰是誰。在精神上，我們已經成為一對雙胞胎。

從喜歡的課（美勞）、喜歡的食物、喜歡的電視節目，到喜歡的歌手，都通通相同。有一次，正當我在腦中哼著某首歌時，麻里也忽然哼起同一首歌。我嚇一大跳，想不到連這麼冷門的歌都能對上，兩個人笑得腰都快彎了。

不僅如此，我們甚至喜歡上同一個男生。

不過，這並沒有影響到要好的感情。因為我們喜歡的，是存在漫畫中的角色。

我們著迷於那個角色，經常討論他的迷人之處。我告訴麻里，自己想跟他去哪些地方、想過什麼樣的生活，麻里還會幫我思考，對方會對自己說出什麼樣的話。

那段日子相當愉快。我跟麻里就在兩人建立起的世界，度過青春歲月。

我們都喜歡畫畫，兩個人曾經畫了那部漫畫的圖，寄給原作者。後來過年時，作者竟然寄賀年卡給我們（而且是一人一張！），兩個人高興得蹦蹦跳跳。

我們剛開始畫漫畫，是想讓原作者和父母欣賞。後來，我們開始追求更高的境界，跳脫其他漫畫家畫過的人物，創造屬於自己的角色。

漸漸地，麻里專職設計劇情，我則負責畫圖。

她比我更瞭解我想畫什麼。

我們曾經把畫好的漫畫拿去便利商店影印，用釘書機裝訂起來，帶去展售會販賣。有一種展售會，專門提供大家販售各自的書冊。

儘管沒有賣出半本，我們還是玩得很開心。

出社會後，我們當然不可能連工作的地方都相同。不過，麻里還是會每天來我的房間，暢談我們的漫畫，沉浸在專屬兩人的世界。

我們固定請印刷廠將過去在便利商店印的漫畫，小量製成書冊，在展售會上的銷售量也漸漸增加。

在某一場展售會上，有個出版社的人來跟我們打照面。經介紹才知道，對方可是一部無人不知、無人不曉的漫畫雜誌編輯。

有人來發掘我們了！

我跟麻里當下的喜悅，不下於第一次收到漫畫家的回信之時。

然而，如今回想起來，就是因為那件事情，導致兩人的關係生變。

我們展示給編輯看的那部作品，確定要畫成漫畫。可是直到最後，這部漫畫都沒有完成。

那時，我跟麻里面對面坐在炸雞速食店。

「葵，對不起。」

她向我道歉。

我不說一句話，獨自生著悶氣，用油膩膩的雙手吃自己的食物。

麻里再也寫不出故事。即使過了我要求的期限，又過了編輯要求的期限，依然等不到她寫出新劇情。

她不寫好劇本的話，我也動不了筆。

在此之前，麻里都是為我而寫故事。可是從此之後，她必須為某一群看不見長相、捉摸不著的「讀者」寫故事。

我以為麻里既然能為自己寫故事，當然也能為其他人寫故事。結果，她卻告訴我寫不出來。當時的我除了「偷懶」，便想不到其他理由。

她說身體健康出了狀況，也完全被我當做藉口。

我的眼中再也沒有麻里。只見難得的出道機會，即將跟自己擦身而過，我真的心急如焚。

看著麻里有一句沒一句地替自己辯解，我燃起有生以來對她的第一把怒火。

「妳去死好了。」
這句話真的非常傷人。
我永遠也忘不了，她默默承受這句話時的蒼白面孔。
隔天，這句話成為現實。

一年當中最寒冷、最教人恐懼的季節再度來臨。在這段期間，獵物的數量銳減，使得養分跟熱量嚴重短缺，逼人的寒氣又無情地削減體力。
冬天，是從弱小的動物開始死去的季節。
黑仔早已度過不知多少次這個季節。
他晃著包覆在厚重毛皮底下的肥厚脂肪，慢吞吞地走著。姑且不論外表如何，那身脂肪可是保護他不受嚴寒侵襲的利器。
黑仔不記得自己的毛皮原本是什麼顏色。現在他身上的毛，混雜著黑色到褐色間的各種色彩。

氣溫低到這個地步，巡視地盤也變成一件苦差事。

「我也上年紀啦……」

沒有其他貓聽見這句低喃。彎尾巴死去後，這一帶最強野貓的稱號便落到黑仔身上。再也沒有貓敢在他的附近圍繞。

王者總是孤獨的。幾乎沒有貓接近他，頂多偶爾出現幾隻膽子比較大，覬覦最強寶座的貓來挑戰，但最後全都打不過他，只能夾著尾巴逃走。

黑仔的臉上滿是傷痕，但臀部跟尾巴都跟家貓一樣滑順。他從來不會讓對手逮住自己的背後。

黑仔不但自己坐擁大片地盤，還要幫忙看顧其他貓的地盤。這是一隻名叫約翰的狗的請求。他欠約翰一份恩情。

他沒有固定的用餐和過夜處。對他來說，整座城市都是自己的家。

「今天中午要吃什麼……」

他開始盤算各式各樣的料理。公園裡那位喜歡貓的老奶奶準備的貓罐頭、可以自由進出的中華餐廳、義大利餐廳後面沒蓋緊的垃圾桶……好久沒去吃那裡的飼料了，今天就吃飼料吧。

黑仔這麼決定，開始踏出腳步。

遠離車站後，道路寬敞起來，高樓大廈也逐漸稀疏。穿過葉片落盡的樹林，便是一座神社。

在神社的後方，整片外觀一模一樣的新建住宅林立。在裡面不管怎麼走、轉過哪個轉角，都只看得到一成不變的景色，時間久了，自然頭暈眼花。難怪其他貓從來不會接近——黑仔這麼認為。

其中有一棟住宅，是黑仔經常造訪的地方。

說是這麼說，他上次來這裡，也早已是夏天的事。一群年輕的貓為地盤爭得不可開交，自己無法放任他們不管，所以抽不出身過來。

上次來的時候，草地仍是一片翠綠，現在則完全枯萎。不過，枯萎後的草地踩起來，觸感有趣多了。

黑仔在草地上踩了好一會兒，直到心滿意足，接著才攀上住宅間的水泥牆，跳至延伸到車棚的塑膠屋頂，抵達二樓陽台。

陽台上散落著空盆栽、生鏽的修枝剪等園藝用品。枯萎的多肉植物跟冷氣室外機之間，堆放了好幾個鋁盤。

黑仔跳上室外機，窺看房間內部。大朵碎花樣式的窗簾緊閉，他把身體貼上玻璃窗，一股冰寒立刻滲入體內。

「喵～～喵～～」

黑仔試著撒嬌般地叫幾聲。要是被其他貓聽到，他的霸者威嚴肯定保不住。好在其他貓來到這個地方的可能性微乎其微。

他摸一下框格窗的玻璃，上面立刻出現貓掌印，窗格的角落也積滿灰塵，看來這扇窗戶許久沒有開啟。陽台上的植物，同樣沒有任何人為整理過的跡象。

「不在嗎……」

之前不論什麼時候來，總會有兩名女子拿出食物給他吃。

烏鴉發出嘎嘎鳴叫，如同嘲笑他一般。黑仔的肚裡燃起一把火。再看看鋁盤，裡面積著骯髒的雨水，所以應該也沒有其他客人。

黑仔張開嘴巴，打一個大呵欠，不死心地繼續等待。可是過了好一陣子，房間內仍然沒有動靜。難得想到過來這裡，結果卻撲了個空。

「我也是很忙的啊……」

下一個地盤的巡視工作還在等著自己，黑仔就這樣空著肚子，走了回去。

惱人的烏鴉把我從睡夢中吵醒。

房間內的氣溫正在升高。隔著厚重的大朵碎花窗簾，依然感受得到戶外的陽光。

我一時分不出現在是幾點鐘。鑽出被窩，看見鏡中的自己穿著滿是皺折，不知已經多少天沒脫下來的睡衣，頭髮也翹得亂七八糟。父母老早便外出工作，家中一片靜寂。

明明什麼事都沒做，肚子卻餓得要命。我步下一樓，走向廚房。

餐桌上放著用保鮮膜包住的三明治，但是這刺激不了我的食慾。我打開冰箱，發現裡面有一盒閃電泡芙。

好吃的感覺僅維持一口。甜膩的味道很快讓我心生厭惡，我把剩下的一大半通通丟掉。

外面的烏鴉依舊吵個沒完，我甚至覺得數量增加了。牠們大概是成群在垃圾堆裡找食物。是不是哪個冒失的傢伙，隨便把垃圾丟在外面？但我也懶得去外面看。自己已經好一陣子沒踏出家門了。

我拖著沉重的身體，步上樓梯。

回到房間，我把自己扔到床上，拿來棉被從頭蓋住，像嬰兒般蜷起身體睡去。

叮鈴——鈴鐺發出聲響。

小學時代的麻里，出現在我的房間。

麻里的手上戴著一條彩色腕繩，上面繫著鈴鐺。沒記錯的話，那好像叫做幸運繩。刺繡編織品在當時蔚為流行，麻里很會做這種幸運繩，我則不怎麼擅長。不過，她還是高高興興地戴上我做的幸運繩。聽說幸運繩斷掉的話，願望就會實現。

「麻里，對不起。」

我握起麻里小小的手，對她道歉。麻里手上的幸運繩叮鈴作響。

「這也是沒辦法的嘛，小葵。」

麻里溫柔地對我微笑。

我鬆了口氣，開始想喝些什麼。這時，場景忽然換到第一家任職公司的茶水間，我的手上也多出一個杯子。
茶水間的深處沒什麼光線，我明白那裡潛伏著某種東西，但我卻沒辦法離開這個地方。

「小葵！」

小麻里趕來救我。

「我不會有問題，妳快點逃！」

她縱身躍入黑暗，我害怕得逃了出去。

我就這樣棄麻里於不顧。

接著，場景又換到乾涸的游泳池。池底鋪著澡堂裡常看到的小片磁磚，水流得到處都是，附近還散落破洞的垃圾袋，廚餘從洞口掉出來。

我正是因為丟下麻里自己逃走，才來到這個地方。

「對不起，麻里……」

叮鈴——鈴鐺聲又響起。

「小葵！」

我看見麻里坐在游泳池的跳台上。

「妳一個人逃走沒關係喔！」
她帶著笑容對我說道。
「麻里……」
麻里原諒了我。我一方面感到解脫，一方面又覺得「不是這樣」。這不可能是麻里的想法，而是我的心為了保護自己，創造出來的夢境。這一點我很清楚。
游泳池底散落著浸溼的報紙，報紙彷彿有生命似地，發出沙沙聲響不停移動。報紙裡面傳出烏鴉的叫聲，我醒了過來。
窗外的烏鴉正在嘎嘎鳴叫。
我在夢中見到了麻里。
麻里早已不存在人世間。
「妳去死好了。」
我說出這句話的隔天，麻里便因為急性心衰竭而過世。
麻里的母親用她的手機告訴我死訊。急性心衰竭不是她罹患的疾病，也不是死亡原因，而是她被發現時，心臟已經停止跳動。
麻里本來就有心臟不好的問題。

可是，我很清楚，麻里一定是被我害死的。

我一聽到消息，馬上趕往她的家。但是才剛踏出家門，我便立刻感到無法呼吸，心臟有如要被捏碎一般。我的眼前陷入黑暗，如同貧血的症狀，身體失去支撐的力量。

這好像是一種很常見的心理疾病。至於詳細的病名，已經一點都不重要。

那天之後，我再也無法踏出家門一步。

我從暖被桌的桌面上探出身體，看到媽媽從棉被鑽出，舒服地躺到那上面。

媽媽說過，在暖被桌裡待得暖呼呼的，到外面的棉被上讓身體涼下來，然後再鑽回暖被桌，是最棒的享受。

「媽媽，快點看！」

我對躺在棉被上的媽媽叫道。

「好好好，我在看了。」

媽媽豎起鬍鬚跟耳朵，專注地看著我。

我是媽媽的小孩，叫做「餅乾」。我的毛皮是白色，上面有巧克力色的條紋，看起來很像大理石餅乾，所以麗奈幫我取了這個名字。我不知道「餅乾」是什麼，不過，一定是一種很棒的東西。

「我要跳囉！」

雖然我這麼宣言，實際跳下去還是需要一些心理準備。我在桌面上來來回回，一下探出桌緣，一下把身體縮回去，逐漸累積跳下去所需的力氣。

最後，我使出所有力氣，縱身往下一跳——

「咚」的一聲，我在媽媽的身旁著地。

「成功了！好好玩喔！」

媽媽也非常開心。

「好棒喔。餅乾，妳很厲害喔！」

媽媽抓住我，將我全身上下舔過一遍。她舔毛的方式癢癢的，很舒服，我的喉嚨發出咕嚕咕嚕的聲音。

「我還要繼續練習，從更高更高的地方跳下來！」

我用後腦杓磨蹭媽媽的身體，說道。

「一定沒問題的。」

「不管是天花板或屋頂，什麼地方都可以跳！」

不論是什麼地方，一定都能成為我的跳台。

這個房間內，到處都是讓我起跳的地方，像是麗奈的繪畫用品、雜誌堆，還有敞開的壁櫥。接下來，我要跟媽媽一起征服所有地方。

「嗯，那妳要好好努力喔。」

媽媽又舔了我一口。

我有四個兄弟姊妹，他們都被其他飼主領養走，只剩下我還留在麗奈的房間。我在媽媽的孩子裡是最小，又常常生病，所以沒有人願意領養。被拒絕當然很難過，但是能一直跟媽媽在一起，也讓我非常開心。

跟媽媽練習跳躍到一半，冷風忽然吹了進來。原來是房間的門打開了。

「我回來了～」

是麗奈。

一回到房間，咪咪跟餅乾一前一後靠了過來。

咪咪嗅著我的味道，同時用後腦杓靠在腳邊磨蹭。

「有什麼外面的味道嗎？」

我對她問道。

餅乾學起母親的樣子，跟著在腳邊嗅嗅聞聞。

老實說，小貓這種生物，真的可愛到讓人瘋狂。光是看著餅乾，我便感覺自己的決心逐漸鬆動。可是，我不能就這樣受到影響。

餅乾和咪咪跟著我，一起鑽進暖被桌。

「我找到願意收養餅乾的人了。」

咪咪似乎聽懂這句話，全身的毛豎了起來。

她大概打算一直照顧體弱嬌小的餅乾下去。可是，我一個人飼養兩隻貓實在太勉強。白天要去學校上課，之後可能還得報考外地的美術大學。

「咪咪，對方就住在附近，你們還是隨時見得到面喔。」

咪咪不理會我的解釋，叼起餅乾的脖子，鑽進暖被桌。

喵——裡面傳出餅乾的叫聲。她大概不明白發生什麼事。

咪咪單獨爬出來，賞我的腿部一記貓拳。

「放這個孩子獨立還太早。」

她似乎是要這麼告訴我。

隔天傍晚，願意認養餅乾的人前來我家。對方是外婆幫忙問到，住在附近的女性。不得不承認，自己老是受到外婆的照顧。

這名女性的年齡大約是我媽媽跟外婆的平均值。以她的歲數來說，穿衣的品味相當不錯。

我一看到她帶來的伴手禮，忍不住噗哧地笑出來。

「這隻小貓叫做餅乾。」

「哎呀，真的嗎？」

老婦人露出優雅的笑容。她的伴手禮正是一盒餅乾。

「那麼，我也叫她餅乾囉。」

「名字請隨意。」

「我喜歡這個名字。不覺得很可愛嗎？」

我對她滿有好感的。

「聽說您之前也養過貓。」

為了慎重起見，我在泡茶時向她確認。

「那是我女兒還小的時候……已經十幾二十年前囉。那隻貓死掉時，她哭得好傷心，所以之後我決定不再養貓。」

「有經驗的話，我就放心了。」

我在她拿來的全新籠子裡，鋪上餅乾喜歡的毯子，倒入裝在塑膠袋裡的貓砂做為廁所。餅乾好奇地聞了聞籠子的氣味，接著自己爬進去，完全不用麻煩到我們。

老婦人蹲下身體，看著咪咪說：

「妳的孩子，我帶走囉。」

咪咪的眼中帶著敵意，我趕緊把她抱起。她的尾巴膨脹起來，可見得相當憤怒。

「餅乾要來我們家，我很高興喔。」

老婦人又對籠子裡一臉不解的餅乾說道。

咪咪掙脫我的控制，跑去磨爪板使勁地磨，如同要宣洩無處散發的情緒。

我交代完餅乾喜歡的食物，以及上廁所的方式後，老婦人帶著那隻貓離開房間。

喵——咪咪叫了起來。

「餅乾，我會去看妳的！」

喵——喵——餅乾也發出不捨的聲音。

「媽媽，一定喔！一定要來看我喔！」

我彷彿聽到她們這麼道別。

最後一隻小貓，終於也離開了這個家。

「她們走了呢。」

我輕輕撫摸咪咪的背。

二

「真安靜……」

麗奈的家總是很熱鬧，她跟媽媽經常陪我玩。帶我來這個家的阿姨跟她的丈夫，每天一大早便出門，直到很晚才回來。

我獨自來到這個家之初，幾乎天天都在哭泣。後來總算漸漸習慣新生活，開始產生探險的動力。

我在樓梯上爬上爬下，玩了好一陣子。麗奈家沒有這種叫做「樓梯」東西，不過還滿好玩的。

玩累之後，我去喝水、吃脆脆的飼料，接著尋找可以躺的地方。

為了晒到太陽，我決定去二樓探險。

我走進一個門半開的房間，立刻被嚇得心臟差點停止跳動。

昏暗的房間內沒有開燈，一名女性坐在裡面。

我全身的毛豎起來，迅速往後跳一步。對方聽見聲音，注意到我的存在。她的長髮綁得很隨意，身上穿著跟麗奈睡覺時相同的衣服。

大型碎花圖案的窗簾緊閉，太陽光穿透入內，散發朦朧的光明。

她緩緩看過來，開口：

「出去。」

雖然她那麼說，我還是鼓起勇氣問道：

「妳是誰～」

她依然只會說「出去」兩個字。

這裡的感覺跟麗奈的房間很相似，差別在於這裡的書跟物品更多。

我靠過去用鼻子嗅聞。她的身上有獵物的味道，是被狩獵、衰弱的味道。

她觸碰我的那一瞬間，接觸到的地方產生一陣痛楚，如同她的疼痛傳到我的身上。

嘎！

窗外突如其來的巨大聲響，讓我又嚇得往後跳一大步。隨著拍動翅膀的聲音，窗簾外出現一隻大鳥的身影。

這次我真的被嚇壞，開始在房間內橫衝直撞。不管什麼地方都好，得趕快把自己藏起來才行！我用最快的速度鑽過桌子底下，跑過暖氣機的後面，在雜誌堆之間鑽來鑽去。

「停下來！」

女子發出沙啞的叫聲。

我爬上最高的櫃子，在頂端膨脹起尾巴。

「我的房間……」

她捂住臉，哭了起來。

這個人為什麼要哭？

等我察覺時，窗外的鳥已經消失。真危險……我開始整理自己的毛，讓心情平復下來。

我注意到腳邊纏上一條漂亮的繩子，原來是繫著銀色鈴鐺的繩圈。大概是剛才橫衝直撞時，不小心在哪裡鉤到的。

我慢慢地爬下櫃子，挨近哭泣的她。

叮鈴——

每走一步，腳上的鈴鐺跟著發出聲響。真礙事。

「幫我把這個拿下來好不好？」

她停止哭泣，看向我，然後握住繫著鈴鐺的繩圈，哭得更厲害了。

我完全不明白，現在是什麼情況。

「謝謝妳，幫我找到這個。」

她緊緊摟住我，慢慢眨一下眼睛。這般舉動讓我安心下來。

「餅乾。」

我發出喵聲回應。

「餅乾，我叫做葵，請多指教囉。」

葵說完後，拿水來給我喝。

看著手中的幸運繩，我覺得好不真實。

我一直反對家裡養貓，要是貓破壞了自己畫好的漫畫，我可是會抓狂；而且，我也討厭他們這麼明顯地告訴我，這隻貓是用來治療我的疾病。一旦選擇接受，自己搞不好真的會得病。

不過，這隻叫做餅乾的小貓，幫我找到麻里的幸運繩。這是好久以前，她在我房間弄丟的東西。

餅乾埋頭拚命舔著水喝。

麻里生前很喜歡貓。

回想起來，促成她第一次來我家玩的契機，好像就是為了看貓。在我出生之前，家裡便有一隻叫做潔西卡的貓奶奶，那隻貓總是過得相當悠哉。潔西卡去世時，我跟麻里都一路哭著跟去火葬場。

後來，母親再也沒有養貓的打算，但我跟麻里還是很努力地餵養附近的野貓。

一隻又大又髒的流浪貓經常造訪，在我家的陽台上享用飼料。他吃東西的時候氣勢十足，看起來頗有意思。

「餅乾，謝謝妳。」

我這麼告訴餅乾。

喵——

餅乾也發出回應。

葵的家是一棟二層樓建築，裡面住著葵跟她的父母，總共三人。父親對我沒有什麼興趣，我也不怎麼理他；母親正是帶我來這個家的人，她會好好地對我問候說話，所以我心情好的時候，也會叫一聲給她聽。她每天中午固定回家一趟，準備好葵的午餐，接著又匆匆忙忙地出門。

葵總是睡到中午才起床，幫我準備好食物，再悶不吭聲地吃完母親做的午餐。

所以，我的主人是葵，我是她養的貓……我是這麼認為的。

葵一整天都待在家裡，神情常常讓我分不出究竟是否還活著。她的房間裡明明有那麼多好玩的東西，我卻從來沒看她玩過。

即使去找她玩，她也只會用空洞的眼神望著我，什麼事情也不做。

葵不但不跟我玩，也不肯放我去外面。

她大部分的時間都閉著眼睛躺在床上，睡得跟我們貓咪一樣勤。唯一的差別，在於她時常流淚。媽媽告訴過我，哭太久的話，眼睛會紅腫得很難看。我也這麼提醒過葵，但是不知道她有沒有聽懂。

我不知道她為什麼哭得那麼傷心。

我常常因為想念媽媽而哭起來。不過，我並不像她總是處於難過之中。

看著那樣的葵，我偶爾會覺得喘不過氣。

在寧靜的房間中，我小心地抑制自己的呼吸聲，這麼度過生命中的第一個冬天。

三

轉眼之間，春天已經來到。

冬天的每個夜晚，我都睡不著覺。我整個晚上都在思考，天亮後要去外面走動，可是當太陽升起，光是想到要踏出家門，一股強烈的不安便向我襲來。要是又發生心臟揪成一團般的劇痛，我該怎麼辦？萬一不能呼吸了，又該怎麼辦？剛產生步出家門的念頭，我便感到死亡般的恐懼，整副身體動彈不得。

儘管如此，我還是想到外面去。因此，我一點一點地減少能在家裡做的事。家裡再也沒有事情做的話，說不定就能走出屋外。

我丟掉手機、丟掉電視，又丟掉書和漫畫。

雖然丟了這麼多東西，身體還是不聽使喚。

我對麻里還有雙親相當過意不去。我始終活在自責中。

這一陣子，我越來越常獨自吃東西。我不想讓任何人看見自己。

即使焦慮源源不斷地湧出，快把我壓得喘不過氣，我依舊束手無策。

麻里再也沒出現在我的夢境。
連幻境都棄我於不顧。

春天來臨，櫻花綻放。我第一次看見這麼美麗的景色。
葵總算拉開緊閉已久的窗簾，讓我跟她一起欣賞櫻花。
這時，陽台上出現動靜。
玻璃窗的外面出現一隻又大又胖、毛皮髒兮兮的公貓。他使出全力對我嚇唬，像是在說：「先下手為強！」
「要打一場嗎？」
他威嚇道。
「好啊，放馬過來。」
我拍拍玻璃窗，這麼告訴他。只要有這片玻璃在，便沒什麼好害怕。不論外面出現多強的傢伙，待在屋內都能保證安全無虞。
「你們老小都很臭屁嘛。」

胖貓說道。

「媽媽才不臭屁！」

聽到媽媽被說壞話，我有點不高興。

「我不是說你母親，是父親。」

「你知道我的爸爸？」

「我什麼都知道。」

「那我有事情想問你。」

「你父親的事？」

「不是。」

我從媽媽那裡聽過很多爸爸的事，已經清楚得很。

「我要問的是葵。葵是我的主人，我要怎麼做才能讓她有精神？」

「這我不知道。」

「你剛剛不是說什麼都知道嗎？騙人～」

「真是煩人的小鬼……」

大胖貓瞪過來一眼。就在這個當下，葵冷不防地打開窗戶。

哇！看妳做了什麼！

我簡直快被嚇呆，連跑帶跳地躲進桌子的陰影內。途中還不知道絆到什麼，葵的東西撒了滿地。

大胖貓露出賊笑，見葵把貓飼料倒入陽台上的鋁盤，立刻撲上去開懷大嚼。

那副模樣讓我不禁看傻了眼。

「你餓很久了呢～」

他只顧著盆子裡的食物，絲毫不理會我說話。最後，他滿意地舔舔嘴脣，說：

「我就幫妳問問看，當做食物的謝禮。」

「幫我問？你能跟葵說話嗎？」

我吊著高八度的聲音詢問。

「我要去問的是約翰。他什麼事都知道。」

說完這句話，大胖貓跳上陽台欄杆，回頭看向我。

「我叫黑仔。既然住在這裡，好歹記住老大的名字。」

「裝什麼酷啊……」

我目送黑仔離去後，又看著葵整理被我弄倒的東西。那些東西裡，出現麗奈也在使用的繪畫用品。

麗奈經常畫圖，但是我在這裡從沒看過葵拿起畫筆。真希望她哪天也能開始畫圖。

前來這裡造訪的，不只是黑仔跟烏鴉。

媽媽的男朋友，一隻叫做小不點的白色公貓，也會三不五時過來看看。

「嗨，餅乾。」

小不點叔叔總是那麼穩重，又有風度。

「你好，小不點叔叔。媽媽過得好嗎？」

「她過得很好，只是前一陣子啊，用顏料把身體染成了粉紅色。」

我在腦中想像一下，跟小不點叔叔笑了起來。

野貓黑仔從來不好好聽我說話，所以我不喜歡他；小不點叔叔願意聽我說話，所以我喜歡他。

媽媽告訴過我，要結婚的話，記得挑選擅長狩獵的貓做為對象。不過，我覺得像小不點叔叔這樣的貓也很棒。

四

夏季來臨，麻里的週年忌日逐漸接近。

距離我害死麻里，已經過了快要一年。

「不是說過我不去了嗎！」

我大聲喊道。好久沒像這樣扯開喉嚨，聲音都沙啞了。

「要妳去就去。」

母親板著一張面孔。

「不去。」

「妳到底要拖到什麼時候？」

其實我也很清楚，母親的話有她的道理。只不過，我怎麼也克制不了自己的情緒。

「吵死了！」

「麻里的一週年忌日都快到了，妳沒參加她的喪禮，到現在也沒去掃過墓。」

這一切的一切，我都再清楚不過。我自己也很想去墓地看看她，好好地讓一切全部了結，並且鄭重地向她道歉。

「出去！」

可是，我實在辦不到。

我用力把母親推出房間，狠狠地把門甩上。巨大的聲響讓餅乾縮了一下。

母親仍然在門的另一邊說了什麼，但是都被我無意義的大吼大叫蓋過去。

終於，我聽到她踩著疲憊的腳步，走下樓梯。

在那之後，我一直哭一直哭，久久無法停歇。

從黑仔跟葵雙方的資訊，我得以明白葵發生了什麼事。

「我一直沒去麻里的墓地看她，連她家都還沒拜訪。我怎麼樣都沒有辦法踏出家門。」

葵哭著說道。

原來，她不是因為待在這個房間裡很舒服，所以不離開這裡，而是因為沒有辦法離開。即使是再舒適、再快樂的地方，一直待在裡面永遠不能離開，想必也會成為一種折磨。

葵在床上哭了好久，我試著想辦法安慰她，但她把自己的內心完全封閉。

窗外傳來快把耳膜穿破的烏鴉叫聲，葵不禁縮起身體。

一隻烏鴉停到陽台上，接著又來一隻、兩隻……好多好多隻。

我很快便明白那群烏鴉在說什麼。

牠們一定是準備等葵死了，把她吃掉。

原來如此。這個世界上，存在著比我更軟弱的生命。

我的心中湧起一種前所未有的情感。

我做好了覺悟。我要保護葵。

呼——

我大喊一聲，撲向窗簾上的黑影。

身體撞上玻璃窗，發出超乎想像的聲響。外面的烏鴉也被嚇到，拍著翅膀成群飛走。

「妳沒事吧，餅乾？」

順利趕走那群烏鴉，當然很有成就感。但是在同一時間，我又很擔心葵。胸口塞著某種排遣不了的情感，我只能不斷在房間裡打轉。

五

進入秋天，樹上的葉片開始飄落，葵的身體也逐漸削瘦，跟母親爭執的次數越來越頻繁。

她有時候一整天都待在床上不起來。幸好我已經知道如何自己找貓飼料吃。

某天黃昏，小不點叔叔前來造訪。他之前從來不會在這個時間出現。

「餅乾，妳聽我說。雖然不太好開口，咪咪的身體狀況不太好。」

「媽媽嗎？」

「她說想要見妳。」

「可是，主人不會放我出去。」

「的確。如果有什麼想說的話，我可以幫妳傳達。」

我思考一會兒，還是想不出什麼好說的。

「幫我告訴她，要媽媽加油。」

「好。咪咪一定也會很高興。」

葵爬起來了。小不點叔叔察覺動靜，立刻轉身從陽台上消失。

「葵，我想去找媽媽。我要去探望她。」

葵不發一語，只是撫摸著我，手腕上的幸運繩不停發出叮鈴聲。

她聽不懂我說的話，也不願意讓我離開。

我開始有點生氣，咬住她的幸運繩，用力拉扯。

「不可以，快點放開！」

她叫道。

「妳怎麼了，為什麼要拉？」

葵，拜託妳。我想去媽媽那裡。

「快點放開……出去！」

她一把從我的口中搶回幸運繩，整個人鑽進被窩。

我決定自己出去找媽媽。

中午時間，葵的母親回家收衣服。我趁這個機會偷偷從晒衣台溜出去，爬到屋頂上。

「我要練到能從屋頂上跳下來！」
我想起自己對媽媽說過的話。
「嗯，妳一定辦得到。」
耳邊似乎響起媽媽的聲音。我下定決心，躍入空中。

餅乾離家出走了。
一定是我的錯。
因為我對她說：「出去！」
長期生活在屋子裡的貓，不可能適應外面世界的生活。前一隻貓潔西卡跑出去之後，就在住家旁邊被車子輾過。
餅乾對這一帶還很陌生。所以，她再也沒辦法回來了。
偏偏這種時候，父母親都在外面工作。
必須由我出去找她。
想是這麼想，身體卻不聽使喚。明明是自己的心、自己的身體，我卻拿它們一點辦法都沒有。

缺席麻里的一週年忌日，導致我體內的某處產生決定性壞滅。

此刻的我，不過是個會呼吸的軀殼。

我該怎麼辦？

沒能怎麼辦。妳只能縮在棉被裡發抖。

麻里，麻里……拜託妳，救救我……

沒有天花板的世界。

仰望澄澈的蒼藍天空，會有一種要被吸進去的感覺。我害怕得不得了，只能盡量往前跑，不要抬起頭。

我一直跑、一直跑，最後終於意識到，這個世界跟我所認為的截然不同。廣闊的程度遠遠超出我的想像。

好可怕。

葵一定也是害怕這一點。

小不點叔叔跟黑仔每次來造訪，總是一副輕鬆愉快的樣子，所以我以為只要離開家門，跑上一小段距離，便能到達媽媽住的地方。

我嗅到其他貓的氣味。

我突然害怕起來，想趕快離開這股氣味，沒頭沒腦地衝了出去。

這裡根本不存在能保護我的東西。

從來沒有想過，世界竟然這麼廣大、這麼複雜。

在陌生的小巷裡鑽來鑽去，最後耗盡體力，我靠到一個高大的盆栽下，打算稍微休息。沒想到，身旁的東西不是什麼盆栽。

有東西在——當我察覺時，已經太晚了。一隻巨大的母貓出現在眼前。

「走開。」

母貓發出冰冷的聲音。

「等一下……」

對方伸出銳利的爪子，攻擊過來。我連忙逃走，但尾巴的根部還是被抓傷。

我忍著疼痛不斷逃跑，模樣相當淒慘。我早已不知道自己身在什麼地方，甚至不曉得還回不回得了家……

想到這裡，淚水便快奪眶而出，但我硬是忍了下來。我擔心剛才的貓會循著哭聲，再度找上門。

這個問題不知已在腦海盤旋多少次。

如果當初立刻去找麻里，為自己說出那麼傷人的話好好道歉，她說不定就不會死。

如果當初立刻採取行動，現在可能根本不是這個樣子。

我已經犯過一次錯，我不希望重蹈覆轍。

現在出去尋找餅乾的話，她說不定還有救。

我不願意再看到有誰死掉。

必須去救她才行。

之前，她也為我趕走了烏鴉。

這次輪到我救她了。

我從床上爬起，披上衣服。

麻里，這是我任性的請求。希望妳借我力量。

叮鈴——麻里的幸運繩賜予我勇氣，讓我得以在家中自由行動。沒問題的，我的身體好得很。

這一次，我一定能踏出家門。

我懷著前所未有的自信，把家門打開一道縫隙。

這瞬間，我忽然心生退卻，腳也縮了回去。

往前踏出一步，明明跟在家裡走一步沒什麼不同，自己卻怎麼樣也辦不到。

外面彷彿有一股真空滲入屋內，我開始呼吸困難。

不行，我還是去不了外面。

眼前逐漸發黑，大門再度關起。我踉蹌幾步，整個人蹲到地上。

這時，右手不自然地卡在半空。

叮鈴——

幸運繩被大門的手把鉤住，脫離我的手腕。

不行！

我就這麼蹲著，伸出手要撿回幸運繩，結果整個身體撞上門。

叮鈴——

麻里的幸運繩回到了手中。

下一刻，我才發現自己要拿幸運繩時，一隻腳往前踏了出去。

而且，一踏便踏到大門外。

我的臉唰地慘白。但是不用擔心，我還有麻里的幸運繩在。

手中的幸運繩斷成好幾截。

原來，願望成真了。麻里的幸運繩實現了我的願望。

現在的我，已經能夠踏到屋外。

這一次，我憑藉自己的意志，踏出家門一步。於是，我的兩隻腳都到了外面。

沒有天花板的世界，在眼前拓展開來。

麻里，謝謝妳。

我抱持自信走了出去。

餅乾，等我喔。

我沿著河岸道路踱步，太陽漸漸落了下去。

腳邊的影子越拉越長，教人看了不太舒服。

這裡又暗、又冷、又可怕。一聽到烏鴉的叫聲，我便嚇得躲起來。心臟快要承受不住，總覺得自己即將瀕臨極限。

我累得快要動不了，肚子也餓得咕咕叫。跟尋找回家的路比起來，現在應該先想辦法填飽肚子。但是我不懂得如何狩獵，又不知道哪裡有吃的東西，所以只能漫無目的地到處亂繞。

這時，一陣誘人的香味竄進鼻子。是白飯跟魚湯的味道。我循著味道直走，在源頭處發現一個陶盤，裡面裝著拌進好多東西的白飯，上面還撒柴魚片，而且溫度剛剛好，不會燙口。

這很可能是其他貓的食物，不過我不管三七二十一，馬上大口嚼起來。我從來沒有吃過這麼美味的食物。

「那是我的飯。」

吃到一半，背後傳來說話聲，我的心臟差點停住。隔了幾秒，才鼓著塞滿食物的臉頰，小心翼翼地回頭。

出現在後面的，是一隻身軀龐大無比、胖嘟嘟的野貓。我吞下口中的食物，喊道：

「黑仔！」

「已經記住我啦，咪咪的女兒。」

「我叫做餅乾啦。」

「妳也被丟棄了嗎？」

「才不是！葵不可能丟掉我！」

「不然是怎麼了？」

「我是出來找媽媽的。」

我強打起精神回答。

「找媽媽，是嗎？」

黑仔露出壞心的笑容。

「什麼啦？」

「跟我來。」

他快步走出去，我只能趕緊跟上。

「你也迷戀過我媽媽嗎？」

黑仔一直不吭聲，所以我開口問道。

「妳在說什麼？」

「媽媽說這附近的貓都迷戀過她。」

「妳母親真有自信。」

「所以……」

「夠了，閉嘴跟著走就對了。」

我看到黑仔而鬆一口氣，話匣子也跟著打開。但是在他說這句話後，不論我問什麼，他都不再有所回應。

我們走了好久好久，腳部開始發痛時，熟悉的氣味飄了過來，而且越來越濃郁。

枯樹葉的味道、類似松脂油的味道……這是麗奈畫圖使用的油。

我拋下黑仔，奔了出去。

儘管夕陽早已隱沒，但我不會看錯的。那是媽媽跟麗奈的房間。

我深吸一口氣，發出叫聲。

房間沒有傳來回應。

「媽媽跟麗奈都不在……」

「說不定，已經……」
黑仔的臉皺了起來。
「不要說那種話！」
心中冒出某種可怕的念頭。該不會，自己再也見不到媽媽了吧……
「餅乾——」
這時，有人呼喚我的名字。這個聲音是——
「葵！」
我不禁拉開嗓門，喵了一聲。
「餅乾！」
我看見葵的身影。想不到她竟然會來接我。
她在睡衣外披一件外衣，光著腿套上涼鞋便趕過來。
我跳進葵的懷裡。
葵一看到我，馬上放聲哭了起來。
「葵，太好了，妳終於能出來了。」
我高興得又叫一聲。

「太好啦。」

黑仔說完，快速奔離現場。下次來我們家時，記得要葵請你大吃一頓喔！

接著，我又聽到車子往這裡接近的聲音。是一輛計程車。

麗奈捧著籠子，步下計程車。

「麗奈！」

我從來沒有見過她那麼驚訝地看著自己。

「餅乾！」

喵——我大聲地回應。

「啊，我、我是餅乾的——」

「妳是她的主人對吧。來探病的嗎？趕快進來。」

麗奈這麼對葵說，打開房間的門。

「麗奈，媽媽呢？」

我對她問道。

「先不要急，很快就能見到了。」

進入麗奈的房間，我終於再度見到媽媽。

媽媽從籠子裡走出，她的頸部纏著又大又難看的布，後腳也綁著繃帶。我做夢也沒想到，媽媽的身體原來這麼小。

「餅乾，妳長大了。」

她的身體有些虛弱，但聲音還是很有精神。

「已經沒事了，媽媽。」

「謝謝妳。」

我嗅著媽媽的味道，幫她舔毛，如同過去媽媽對我做的那樣。

漸漸地，媽媽陷入沉睡。

我、葵與麗奈在一旁守候著。

「她很快就會好起來。」

麗奈說道。

「嗯。」

葵這麼回答。

第四話

世界的體溫

一

夏日的早晨。

黑仔避開日晒處，蹲伏在陰涼的圍牆上，耐心等待時刻到來。遠處依稀聽得到收音機體操的音樂。

只要是為了狩獵，不管再怎麼辛苦，他都願意忍耐。

好不容易，獵物終於現蹤。

這次的目標，是一盤堆成小山的肉丸子。

上了年紀的女性，將整盤肉丸子放到狗屋前。

狩獵開始。

黑仔躍起龐大的身軀，在空中翻轉一圈降落，四隻腳牢牢抓住地面，用全身吸收衝擊，然後利用反作用力向前推進。

獵物近在眼前。

不過，「敵人」的反應也很迅速。另一個巨大身影從狗屋竄出，撲上堆滿肉丸的盤子。

如果黑仔瞄準的是那盤肉丸子，他八成已經被敵人逮個正著。不過，他真正的目標不在那裡，而是旁邊裝水的盆子。黑仔幾乎把身體打橫，用前腳劃過水面，濺起弧形水花。敵人被水淋到臉，不得不閉上眼睛。

黑仔抓準這個空檔，搶得一顆肉丸子。

——好吃。

「漂亮，被你擺了一道。」

敵人——名叫「約翰」的狗說道，自己也從容地叼起一顆肉丸子。

聽到約翰的誇獎，黑仔心情大好。貓界的頭頭跟約翰相識已久，不過真要說的話，他們的互動幾乎都建立在食物爭奪戰，亦即黑仔如何搶到約翰的食物上。

「想不到輸給了你，看來我已經不復當年囉。」

「是我比以前更厲害了。」

他們本來處於敵對關係，現在則成為互相認同的勁敵，甚至對彼此抱持敬意。

人類做的食物常常鹹得要命，好在約翰的主人懂得如何讓食材發揮原本的味道。

上了年紀的女性做好料理後，帶著滿面笑容，看著一貓一狗擠在一起享用。

用肉丸子填飽肚子後，黑仔在狗屋的陰影處躺平。

「你知不知道，動物為什麼要吃東西？」

約翰也吃完自己的份，趴到前腳上休息，同時這麼問道。

「當然是因為肚子餓啦。」

別問這種想都不用想的問題好不好——黑仔暗自嘟噥。

「那麼，為什麼會肚子餓？」

「因為活著啊。」

「你說到重點了。」

約翰高興地搖起尾巴。

「在遙遠的過去，曾有一群完全不用吃東西的生物，充滿整個世界。」

「不用工作就有飯吃，簡直是天堂。」

「天堂嗎，聽起來不錯。」

他笑了一下。

接著，約翰開始告訴黑仔，那群被逐出天國的生物，有著什麼樣的故事。

在天堂的世界裡，大家不用工作便有飯吃，不會發生紛爭，過著永遠幸福和平的生活。

遙遠的過去，確實短暫存在過那樣的時代。在當時的地球上，遍佈著一種既不是人類、不是貓、不是狗，也不是花草樹木，算不上植物或動物的葉片狀生物。

這種葉片狀生物，是當時唯一存在於地球的物種。它們分解海洋中的物質，藉以產生能量，所以不會發生一層吃一層的食物鏈關係。

「它們活著的時候都在做什麼？」

黑仔插進來問道。

「什麼都不做，不過是存在那裡而已。這樣的幸福時代持續了一段時間。」

「那現在又怎麼樣了？」

「滅絕了。新的生物出現後，它們在很短的時間內完全消失。」

約翰冷靜地回答。

之後，地球大概是為單一物種的時代反省，生物種類如雨後春筍般暴增，結果產生了新的問題：數不清的物種拚了命想活下去，彼此之間開始競爭、獵食。為什麼只存在葉片狀生物的天堂行不通，成千上萬的物種互相殺戮的地獄反而持續了這麼久？

主要有兩個因素：

一是「多樣性」，二是「競爭」。

缺乏多樣性、處於停滯狀態的物種，只需一個理由即會滅絕——

要是物種之間沒有競爭，便不會產生更能適應環境的優秀生物。

「聽到這裡，我已經搞不懂了。呼啊——」

黑仔大大地打一個呵欠。

「說得簡單些，天堂這種環境不可能維持多久。」

「雖然不知道為什麼，反正它們活該對吧？」

「就是這樣。」

「約翰，你知道的事情還真多呢。」

「其實，生物本來都知道地球上出現生命以來，到現在為止發生的種種事情。只是大家都把這段歷史忘得一乾二淨，而我記了下來。如此而已。」

「是嗎……」

黑仔喜歡像這樣跟約翰閒聊。他身為貓中老大，周圍沒有足以敞開心房的對象。這隻名叫約翰的狗對他的地盤興趣缺缺，又知道各式各樣的事情，於是成了最理想的聊天夥伴。

「黑仔，你想不想知道，自己什麼時候會死去？」

約翰常常像這樣，從奇怪的方向拋出問題。

「懶得知道。」

黑仔並沒有撒謊。他對明天之後的未知世界，一點興趣都沒有。

「我就知道你會這麼說。」

約翰很高興聽到這樣的答覆。

「我們哪天突然死掉，都沒什麼好大驚小怪。我已經不知看過多少同類白天還活蹦亂跳，傍晚卻開始拉肚子，隔天早上便翹辮子。也有不少是被車撞到，變成一攤爛泥。」

對黑仔而言，看到前一秒活得好好的貓，才一轉眼便嗚呼哀哉，早已是家常便飯。

「可是啊，也有傢伙重傷到不能自己覓食，現在卻活得好好的，還會到處閒晃呢。」

「咪咪嗎？她的確很不簡單。」

約翰閉上眼睛，稍事思索，接著這麼開口：

「我的來日也不長了。」

他的語氣如同在說一個埋藏多年的祕密。一時之間，黑仔驚訝到連嘴巴都忘記閉上。

「你下巴脫臼嗎？」

「還不是因為你開這種無聊的玩笑。」

「我不是開玩笑。」

約翰換上認真的眼神。

「是喔，那該怎麼說呢……我會有點不知該怎麼辦。」

黑仔也發自內心說道。

「真高興聽到你這麼說。」

「那樣的話，以後我就沒東西吃了。」

他打趣的說法逗笑約翰。

「可是約翰，你現在不是還很健康？」

「人類相當畏懼死亡——」

約翰提起別的話題。

「其實不只人類，我們貓狗同樣懼怕死亡。」

「人類真奇怪。」

「我在這個家庭裡，看過好幾次老人死去。」

「畢竟你活了那麼久。」

黑仔想到一種可能。

「所以你才開始害怕死亡？」

「死亡並不恐怖，跟睡著沒什麼兩樣。我們每天晚上都在做死亡的練習。」

說到這裡，約翰變得有點難以啟齒。

「可是……我放心不下那個女的。」

「哪個女的？」

順著約翰的視線看過去，一名女子正在面向庭院的房間內摺衣服。她是約翰的主人，舉手投足都很有精神，但頭髮也已經染上花白。

「她是志乃女士。」

志乃跟他對上視線，微微一笑，站起身體。

「你的戀人嗎？」

「哈哈哈。非常遺憾，她可是有夫之婦，雖然現在沒有住在一起。」

她走向這個方向，黑仔緩緩地拉開距離。

「感覺會有什麼麻煩事。」

志乃前來取走狗屋前的空盤子。

「她不需要工作嗎？」

「之前在外工作過。她那時穿著亮麗整潔的西裝，真的很帥氣喔。不過，後來辭職了。」

「是喔……」

黑仔跟約翰不同，他對人類的生活毫無興趣。

「這麼大的房子，只有她自己住嗎？」
「沒錯。她之前跟一個身體不能動的老人住在一起，幫忙照顧生活起居。」
「為什麼不放著不管？」
「放著不管的話，老人會死掉。」
「我實在搞不懂，照顧一個沒有生活能力的傢伙有什麼意義。」
黑仔打了一個大呵欠。
「志乃把自己的人生都奉獻了出去。她始終堅守在那裡，看著老人慢慢走向死亡。」
他聽到這裡，總算察覺出約翰真正想說什麼。
「你說話真是拐彎抹角。反正，你不想變得跟那種老人一樣，對吧？」
「正是這個意思。」
約翰簡短回應後，閉上眼睛陷入沉睡。黑仔也在他的身旁睡著。

二

「熱水已經裝滿，熱水已經裝滿。」

機器響起一陣音樂，接著用電子音發出提示。

「好好好～」

志乃朝著不會說話的機器應聲，從電視機前站起來。多虧家中改造為無障礙空間，從這裡到更衣處的途中沒有任何段差，浴室裡也到處裝設扶手。

雖然現在的她還用不到扶手，事先裝好倒也多一層安心感。

志乃不打開照明便進入浴室，緩緩地泡進澡盆。

之所以不開燈，是因為過去住在一起的婆婆要求她節省電費開銷。現在回想起來，那應該是她對初進家門的外人之防備反應吧。再說，雖然自己起先相當抗拒，後來竟也漸漸習慣在黑暗中洗澡。

跟之後需要別人照顧時的情況比起來，只是找點小麻煩的階段，反而有點討人喜歡。

唉——她長長地嘆一口氣。

月光自天窗灑落。志乃雙手舀起洗澡水，水中映著一輪明月。她不禁泛起笑容。

這樣一點小事就能高興起來，自己真是容易滿足。

泡完澡後，她離開澡盆，披上睡衣，到陽台吹夜風納涼。這時，一顆流星劃過天際。

她興起許望的念頭，結果這才發現，自己根本沒有什麼願望。

今夜的月亮皎潔，街道上少了深夜遊盪的年輕人喧嘩，以及來往的車輛聲，一切歸於靜謐。

黑仔抵達約翰和志乃家時，庭院裡已經聚集眾多的貓。他們都是在這座城鎮自由自在生活的貓。黑仔在其中發現小不點的蹤影。見到他出現的貓紛紛挪出空位，以表示對老大的敬意。他選擇約翰狗屋前的空位。

經過良久，約翰步出自己的狗屋。他不疾不徐地環視在場所有的貓。

「這一刻終於來臨。今天晚上，我就要消失了。」

他鄭重地宣布。

圍繞在周圍的貓聞言，不禁將內心難以名狀的情感化為聲音。黑仔則只是默默地頷首。

「約翰，我們會很寂寞的。」

小不點露出落寞的表情。

大家依序向約翰話別。對這座鎮上的貓而言，約翰好比一部活生生的字典，同時也是最好的諮商對象。他掌管每一隻貓的地盤，也幫忙化解許多不必要的紛爭。

約翰不發一語，含著眼淚，聆聽大家對他說的一字一句。

「沒有辦法來到這裡的貓，一定也在各自的窩裡思念著你。謝謝你，約翰。」

最後，黑仔代表所有貓向他致謝。

「謝了，各位。」

約翰滿懷感動地回禮。接著，他用前腳俐落地脫下項圈。

「約翰，你好厲害。」

小不點訝異地說道。

「這個啊，老早以前就壞掉了。」
那只皮革項圈跟了約翰好多年，表面甚至磨出琥珀色的光輝。
約翰晃動一下身體，在月光的照耀下，堅定地向前踏出一步。
「約翰，我還是沒辦法想像你會死掉……」
小不點跟在他的身後。
「我不是死去，而是成為永遠。」
「永遠？」
黑仔跟小不點同時感到疑惑。
「如果我在這裡死去，你們跟志乃女士都會曉得我離開了這個世界；但是，沒親眼看到的話，誰都不會知道我是否真的死了。」
「那就是所謂的永遠？」
「沒錯。」
約翰回頭看最後一眼。那棟房子的某扇窗戶，亮著一點燈光。志乃就在那個房間內。
「志乃女士交給我吧。」

黑仔挺起胸膛告訴他。

「黑仔，拜託你囉。」

約翰轉回頭，繼續往前走。

街道上沒有任何人影，他跟一群貓並肩走著。

時序已經進入晚夏，但黑夜中仍是一片蒸騰，溼黏的暑氣緊緊貼在肌膚上。不過，對貓來說，這倒是相當舒適。黑仔回想起約翰說過，貓的祖先過去生活在南方國度，所以在這樣的夜晚，會湧起一種說不出來的鄉愁。

隨著大家越走越遠，大部分的貓一一回歸自己的地盤。

最後還跟在約翰身邊的，只剩黑仔與小不點。

這時，約翰停下腳步。

「謝謝你們陪我走到最後。告訴你們一件好事情吧。」

「好事情？」

小不點面露疑惑。

「總有一天，我會回到這裡。」

「真的嗎？」

「對。雖然我可能不再是現在這個樣子，你們應該感覺得出來。」

他依舊是無法理解的表情。

「到時候，我會實現你們兩個的願望。」

約翰一臉認真地說著。

「……真的有辦法嗎？」

黑仔也顯得不太相信。

「那麼，我的願望是──」

小不點正要說出口，但是被約翰打斷。

「願望這種東西不需說出口，放在心中即可。」

滿天的星星下，小不點乖乖地閉上眼睛。

儘管黑仔暗自覺得愚蠢，在同一時間，他也燃起些許期待，腦中跟著浮現志乃的身影。

他希望志乃女士過得幸福。約翰離開之後，她一定會很難過。既然這樣，乾脆為她許個願吧。

約翰來回端詳黑仔與小不點的臉，滿意地點點頭。

「不要忘記你們現在許下的願望。只要祈禱的意念夠強烈，即使我不在了，願望也會有實現的一天。」

黑仔聽了，跟小不點面面相覷，連眨好幾下眼。

搞了半天，原來是被他耍了嗎……

約翰愉快地晃著尾巴。

「快消失吧你！」

黑仔大喝一聲，約翰以讓人難以想像是老狗的速度，全力直奔出去。

最後，這座城鎮的遠方，傳來一聲他的遠嚎。

「那個老骨頭明明還活蹦亂跳，哪裡像快要死掉的樣子？」

黑仔憤憤地說道。

「黑仔。」

回程的路上，小不點小心翼翼地開口。

「什麼事？」

「你許了什麼願望？」

「什麼也沒許。」

這當然是謊言。

「真的嗎？」

「你難不成真的相信了他的玩笑話？」

「約翰沒有在開玩笑喔。他剛剛露出的，是說重要事情時的表情。」

「是嗎……」

「我許的願望，是我的戀人能過得幸福……」

小不點自顧自地說起剛才許的願望。

「這種事情不用大聲說出來啦。」

不覺得很難為情嗎……話說回來，能夠直截了當地把這種話說出口，也滿教人羨慕的。

「好啦，再見囉。」

小不點往前跑出去，消失在深夜的街道。他想必是要回到「她」所在的地方吧。

黑仔目送他離去，接著沉思了好一會兒。

志乃女士就交給我了，是嗎……

雖然當下是順勢脫口而出，但說了就是說了，接下來必須確實履行承諾。

他在月光的照耀下，慢慢踏上來時的道路，回到約翰的狗屋，在那裡等待天亮。

在約翰遺留的氣味中，他夢見了約翰。

志乃做了一個充滿少女情懷，連自己都忍不住想笑的夢。

她在夢中乘著流星，前往星星的世界旅行。腳下的流星真的是五角星的形狀，身上穿的衣服跟現在一樣，但身體回到年輕的時候，輕盈得不可思議。

接著，另一顆同樣載著旅客的流星往這裡接近。

仔細一看，在那顆流星上的是約翰。他戴著類似太空人使用的球狀玻璃頭盔。

「哎呀，是約翰啊。」

志乃向他打招呼。

「妳好，志乃女士。」

約翰用人類的語言回應。由於這裡是夢境，志乃一點也不覺得哪裡怪怪的。

「看到流星就要許願，所以請妳說一個願望吧。」

約翰眨眨眼睛，對志乃說道。

「嗯……可以讓我變年輕嗎？」

「妳現在已經相當年輕囉。」

夢中的自己的確回到了少女時代。

「喔，的確呢。」

「那麼，請再許一個願望。」

這一次，志乃說出臨時想到的願望。

「不然，請為我做一份早餐。」

早上起床時，看到早餐已經在桌上就位，不知是一件多幸福的事。

「包在我身上。」

約翰用前腳「咚」地敲了敲自己的胸脯。

志乃在這裡醒了過來。

或許是這個怪夢的關係，她從一早開始，胸口便感到騷動。

儘管內心稍微期待了一下，但是不用說，餐桌上當然沒有出現早餐。

「對嘛，怎麼可能呢。」

竟然會產生這麼滑稽的念頭——她不禁笑出聲來。

於是，她用昨天吃剩的菜餚，快速準備好自己跟約翰的早餐。

誘人的食物香竄入鼻孔，黑仔睜開雙眼。看來昨天晚上熬了夜，才不小心一路熟睡到天亮。

他慢吞吞地走出狗屋，正好跟志乃對上視線。

「哎呀……」

志乃睜大眼睛。

「志乃女士，很遺憾必須告訴妳……約翰在昨天夜裡走了。」

黑仔努力地想把事情說明清楚，但志乃當然聽不懂。不過，她看到約翰的項圈時，似乎也察覺到一二。

「既然你都到了這裡，順便吃個早餐吧。」

於是，黑仔得以獨享原本要給約翰的早餐。過去年輕時，他便一直想著把約翰的食物據為己有，但是現在不費任何力氣便達成目標，食物反而顯得淡而無味。

「你要不要留下來，當我家的貓？」

面對難得的機會，黑仔選擇拒絕。

「我是外面的野貓，不會給任何人飼養。」

這是屬於他的尊嚴。

黑仔吃光早餐，離開志乃的家。身為貓中老大，還有一堆工作等著他去處理。

翌日，他同樣選擇一早先去志乃家看看。

連他都不禁覺得自己心腸太好。但既然是約翰的囑託，也只有接受的份。

來到志乃家，食物又自動端上面前。黑仔心懷感謝地享用。今天的滋味一樣好極了，用魚熬的高湯跟雞肉相當調和，他吃一口便愛上這種味道。

忘情於食物中的黑仔猛然回過神，抬起頭，看見志乃帶著慈祥的面容。

如果她每天都準備食物，便不能放任那些食物壞掉。因此，黑仔決定天天都來看她。

這樣的日子一久，黑仔也開始嫌天天報到太麻煩，於是在約翰的狗屋住了下來。志乃好幾次要讓他進屋，但是都被拒絕。因為一旦進入屋內，野貓便不再是野貓。即使黑仔接受志乃給的食物，他還是只願意在約翰的狗屋過夜。

漸漸地，黑仔會跟志乃一起坐在老屋的外走廊上談天。

約翰走了之後，他們都需要新的聊天對象。

志乃輕輕撫摸黑仔的背。在此之前，黑仔從來不讓人類觸碰自己的一根毛，所以志乃第一次把手放上去時，他嚇得差點跳起，但還是忍耐著讓志乃摸。久而久之，他也開始覺得，這樣其實滿舒服的。

志乃獨自住在這棟老房子中。她每次開口，話題總是圍繞在早已死去、以及不住在這裡的人身上。

那是我外表仍然動人，身體仍然充滿活力時的事。

丈夫的父親，亦即我的公公，突然腦血管阻塞而病倒，必須有人隨時在旁照料。

婆婆顧慮世俗的眼光，所以堅持把公公留在家裡照顧，我的先生也抱持相同意見。在那個當下，大家都還不曉得這條路會有多麼煎熬，再加上裝修房屋的巨額費用都花了下去，也沒有反悔的餘地。

長期照護對照護者和被照護者來說，都是很大的負擔。

公公過去在職場上位居要角，養成了高傲的自尊。因此，他直到最後一刻，都無法接受這樣的轉變。曾經顯赫一時的人物，變得動不動就為一點小事大發脾氣。他要求一叫我們，便得馬上出現在眼前，在餐桌的擺法跟收拾上不斷挑毛病，後來還開始威脅、暴力相向，甚至產生被害妄想。

我認為婆婆對他算是相當忍耐。我自己也辭去藥廠的業務工作，在家全心幫她照顧公公。

當時的上司想慰留我，建議我們選擇照護機構，惟先生不同意。

上班的最後一天，上司這麼對我說：

「人生是妳自己的，記得留一些給自己使用。」

直到許久之後，我才明白這句話的意思。

照護公公的日子持續之久，遠遠超過我的想像。

他過世後，婆婆雙手合十，說了一聲「謝謝」。

經過不久，婆婆開始出現痴呆症狀。

那時，先生早已不待在這個家，所以我必須獨力照顧婆婆。她的言行舉止越來越像當時的公公，過去那些令人憎恨的暴行，如今全部重演一次。我只能獨自承受壓力，繼續不離不棄地照顧她。

以我那時的年紀，早已無法回歸職場；雖然丈夫在外有了其他女人，我也不想跟他切斷關係。

婆婆承受不住所有壓力，時常抓狂、大吼大叫，最後連自己是誰都忘記，就那樣死去。

改建成無障礙空間的屋子中，只剩下身心俱疲的我一人。

我跟丈夫沒有生孩子。如果有孩子，現在的情況或許還會不同。丈夫從事福利事業，他時常搭飛機在國內飛來飛去，進行長期照護或年長者醫療的主題演講。然而，他卻從來沒處理過發生在自己家的最真實案例。

「丈夫老是在外不歸……這個家裡空蕩蕩的，只有我一個人。」

志乃露出落寞的笑容。

「嗯……」

這不是黑仔所能理解的內容。

「我常常在想，自己的人生，到底有什麼意義……」

她搔起黑仔的下巴。

「像你自由自在的，真讓人羨慕。」

黑仔一直過著自由自在的生活。但也因為如此，他很瞭解必須付出的代價。

「妳有地方睡覺，住在暖呼呼的房子裡，還天天有食物吃，我實在搞不懂還有什麼好空虛。」

黑仔說完，志乃瞇上眼睛，露出高興的表情。

「雖然約翰不在了……還好有你過來陪我。」

受不了，這個女的真會撒嬌──黑仔倏地站起。

我得好好教她生存之道。

「跟我來。」

黑仔帶著志乃，出去外面散步。

學習貓咪如何生存的最好方法，是實際走一趟街道。志乃的年紀的確有點大，不過要嘗試新事物的話，永遠都不嫌太晚。

黑仔很有耐心地教志乃貓咪的生存之道，如同教導對什麼都不熟悉的小貓。

首先，是確保可以喝的水源。水分成可以喝的跟不能喝的兩種，積水屬於髒水，喝了會弄壞肚子；公園裡的噴水池乍看之下很乾淨，但其中都是同一批水不斷循環，所以喝了一樣會弄壞肚子。飲水台的水就可以放心地喝。他伸出舌頭，接住從水龍頭滴下來的水，滋潤乾涸的喉嚨。

接著是狩獵的方法。只要學會狩獵，之後不但到哪裡都活得下去，還能體驗到快感，人生從此充滿活力。

「妳在這裡等著。」

黑仔在志乃的注視下跳進草叢，叼回一隻蚱蜢。從這種小昆蟲開始練習，應該滿理想的。

他把蚱蜢放到志乃的面前。

「哎呀，你好厲害！」

志乃說完，便放走他好不容易捉來的獵物。

「妳是瞧不起我嗎？到底想不想學啊！」

黑仔出言訓斥，但是在志乃說著「真了不起」輕撫他的背之下，一切好像開始變得無所謂了。

……好吧，妳要一次學一點也可以。

就這樣，他們開始固定每天早上出去散步。

某天的散步途中，黑仔遇到一名散發熟悉氣味的女生。

「早安，葵。」

志乃這麼稱呼對方。

「啊，奶奶早安。」

這名女子是餅乾的主人，之前發現餅乾不見時，還慌慌張張地出門把她找回來。葵現在的模樣清爽很多，氣色也明顯好轉，怎麼看都是一位美女。

「要去上班了嗎？」

「對，從今天開始。」

「哎呀，那要加油喔。」

「是。那邊的那隻貓，是奶奶養的嗎？長得好像偶爾出現在我家的貓。」

「那可能是同一隻喔。他現在成為我家的食客了。」

「食客嗎——你這傢伙，恭喜啊～」

她一聽志乃那麼說，蹲到黑仔的面前，伸出手掌。

黑仔好奇地湊上去嗅，但這其實是陷阱。葵見他靠過來，馬上一把抓住翻過身體，摸起他的肚子。黑仔努力地想要掙脫，但因為肚子實在太舒服，最後終於放棄抵抗。

這個女的對貓很有一套嘛……真舒服。

「餅乾過得好不好？」

黑仔對葵詢問，但是聽在葵的耳朵裡，只是一串喵嗚喵嗚的叫聲。

「我家也有養一隻貓。雖然還是小貓……之前她竟然自己跑出去找媽媽呢。」

「哎呀，很聰明呢。」

「不不不，那是我把她送回去的。」

葵跟志乃當然聽不懂黑仔在說什麼。

算了，無所謂。

志乃向葵道別，跟黑仔踏上回家的路。黑仔原本打算再巡視一下地盤，但志乃已經快累壞。

一回到家，黑仔立刻感覺到庭院裡出現了什麼。

「難不成……是約翰？那個傢伙回來了嗎？」

他不管三七二十一，往狗屋的方向直奔。不過，他當然沒有看到約翰。

外走廊上多出一個躺著的身影。不是狗，而是一名年輕男子。他身上的西裝破舊不堪，手上提著便利商店的塑膠袋，臉色十分蒼白。

黑仔從未看過這名男子。不過，他嗅出對方的身上有類似志乃的氣味，所以沒特別提高警覺。

「這個人，該不會是……亮太？」

志乃出聲詢問，倒在地上的男子醒了過來。

「姑媽，好久不見。」

他半睜眼睛，維持躺著的姿勢開口。

「好久不見，你怎麼來啦？」

「姑媽，拜託，有人打電話來的話，不要說我在這裡。還有，絕對不要告訴老爸。」

亮太向志乃哀求，語氣相當急迫。

「好好好，你有你的苦衷對吧？」

志乃一口允諾這位不速之客，招呼他進入屋內。

三

我既不抱持雄心壯志，也不奢望遙不可及的夢想。我想要的不過是平凡的生活。

儘管沒有什麼特殊才能，我也相對地沒有任何包袱；在校成績算不上多好，至少也沒有落榜之虞。我從來沒接受過表揚，沒做過讓大家稱讚的善舉，也不曾幹過足以被家人教訓一頓的勾當。

國高中時代，我加入田徑社，獲選過幾次出賽選手，但從來沒跑出能在縣內比賽晉級的成績。除此之外，我從未生病或受傷到必須住院療養，也沒遇過父母離異、欠人一屁股債、要好的朋友自殺等事情。

每天的日常生活都如呼吸般自然，我跟所有學生一樣參加升學考試，進入地方上的大學，沒出什麼亂子，順利待到畢業。可是，當我開始找工作時，卻遲遲得不到應徵公司的青睞。這是我頭一次意識到，這個社會似乎不需要我。

我不明白自己做錯了什麼。我不過是照著跟周圍的人相同的方式生活。

這種感覺如同腳下的梯子被挪走，整個身體懸在半空中。

看樣子，唯有能力夠強，以及才能硬是高出別人一截者，才有資格以我過去所認為理所當然的方式生活。

原本以為照著別人的方式做，就能讓自己獨當一面。看來這樣的想法是錯誤的。社會上存在千萬種人和千萬種聲音，有人拿世代問題做文章，有人抱怨景氣不好，有人要求年輕人不要挑工作……把錯推給這個社會，固然能使心情輕鬆許多，但問題並不會就此解決。

正當我徬徨失措時，家人幫忙找到了一份工作，秋天開始上班。說穿了其實就是「第二新卒（註1）」。我沒想過家人竟然有這種人脈，著實吃了一驚。不過，後來當然還是心懷感激地前往就職。

他們幫忙介紹的公司屬於資訊科技產業。我對電腦不熟悉，更沒寫過程式，但我什麼都願意做。

然而，我在新進研習階段的首件工作，不是操作電腦或寫程式，而是不明就裡地被派去挖洞。我們這群第二新卒合力挖掘超出自己身高的大洞穴，動不動還要被罵、大吼大叫。大家就這樣一直挖、一直挖，挖到手掌磨出水泡又破掉，好不容易挖好巨

1　畢業後短暫工作一年至三年左右，便打算轉職者。

大的洞穴。

你們做得很好——所有人拖著疲憊不堪的身體，聽到上司如此讚美時，紛紛流下眼淚，浸淫在前所未有的成就感，品嘗受到公司肯定的喜悅。如今回想起來，那不過是上位者常用的把戲罷了。

在那之後，我埋首於工作中。最低限度的研習一結束，我被派任到一個從開頭階段便漏洞百出的案子。這個案子比先前的挖洞更辛苦，我勉強維持快要倒下的身體，持續不斷地工作。

這間公司講求氣勢更勝於能力。即使能力不如人，只要講話夠大聲，事情總會有辦法解決。

我一連好幾個月回不了家，必須住在客戶公司隔壁的旅館。有一天，我實在忙到連旅館都回不去——

我來到派任公司內的茶水間，一如往常地要泡事先存放的泡麵時，忽然發現自己不知道該怎麼泡。

老實說，連我都不曉得自己在說什麼。

可是，看著這些湯包、調味料，以及一堆零零碎碎的小袋子，我就是不知道該從哪個開起，倒入碗中。即使來來回回看了好幾次沖泡說明，照樣無法理解。

我感覺背脊開始發涼。

自己正在逐步崩解。幽暗的光線中，我把準備到一半的泡麵置於熱水瓶旁，小心翼翼地不讓任何人看見，從緊急逃生用的樓梯摸出去。

手錶上的針顯示現在是六點鐘。由於長時間盯著電腦螢幕，眼睛看到的東西都有些泛黃。辦公大樓林立的街道上人影稀疏，自己彷彿不小心闖進另一個世界。

抵達車站時，我才意識到現在不是傍晚六點，而是早晨六點。

我跳上進站的電車，挑一個空座位坐下，開始仰頭大睡。至於手機，大概是被我忘在什麼地方，或是在無意識之間扔掉了。

大量乘客湧入車廂，我醒了過來，正好發現在這一站轉車，可以搭去姑媽家。

姑媽以前相當疼我，我們不知已經多少年沒見面。現在我只覺得好想見她，前往那個願意接納自己的地方。

亮太從早上一路睡到下午。

黑仔不禁覺得，這個人簡直跟貓一樣。

「他是我的侄子。」

志乃這麼介紹。亮太是她哥哥太助的兒子。

從這天起，她將煮飯的量增為二人份（外加黑仔的份），留下原本打算馬上離去的亮太。

「老爸動用關係勉強把我塞進那間公司，現在我丟了他的臉，哪裡還有辦法回家……」

亮太有一句沒一句地訴說發生在自己身上的事。志乃聽了，憤慨地說「怎麼有那麼差勁的公司」。這些遭遇遠遠超出黑仔的理解範圍，但他仍然瞭解，亮太是從某個環境很惡劣的地方逃來這裡的。

「沒關係，你儘管待在這裡。」

亮太一天一天地恢復精神，志乃對此相當高興。但是對黑仔來說，可是件麻煩。受不了，這傢伙恢復精神的話，又得多照顧一個人了。

亮太拿出一條繩子，在黑仔面前晃啊晃的。黑仔感覺自己被冒犯，毫不留情地搶走繩子，讓他徹底明白誰才是這裡的老大。

至於志乃，她天生就是喜歡照顧別人的個性，所以亮太出現之後，好像比以前更有精神。

亮太用了整個夏天的時間，恢復到能夠外出散步、幫忙做家事的程度。

「真羨慕你，能自由自在地過日子。」

黑仔悠哉地晃到他的食物前，開始吃起來。亮太見了，瞇起眼睛說道。

「你們人類不是更自由嗎？」

人類跟貓不一樣，想吃什麼就可以吃什麼，想去什麼地方也都去得了。

亮太每次要跟黑仔玩時，總是被賞一記貓拳。不過，他也不會就此死心，而是一而再、再而三地試著抓住黑仔，摸他的毛。

這一天，黑仔如同往常想掙脫亮太的手時，看見小不點來到這裡。

「讓人摸明明那麼舒服。」

小不點像是在說風涼話。

「那你也來給他摸一把啊。」

雖然小不點那麼說，他自己也絕對不會讓飼主以外的人碰到身體。

「這個人做事很認真呢。」

這是他對亮太的第一印象。

亮太受志乃請託，幫忙拔庭院的草。從四處拔起的草漸漸堆成一座小山。

「笨手笨腳的傢伙，總也找得到一樣專長嘛。」

黑仔跟小不點肩並著肩觀察亮太。

「過度認真的人，無法把錯歸咎到別人身上。他們會轉而責備自己，使自己痛苦。」

就黑仔認為，小不點以一隻貓來說有些膽小，不過他對人類瞭解得很透徹。

「那他也真辛苦。」

說到這裡，黑仔忽地產生一種念頭。

「你的主人也是這樣？」

「嗯，跟他很像。」

小不點回應時，語氣添了一層落寞。

志乃曉得，教導別人一件事情，能帶給自己相當大的喜悅。

在此之前，她從來沒有機會教別人事情，也沒有人向她請教過。

哪怕只是一件家事，看著亮太逐漸成長，便是一種快樂。

自己有小孩的話，或許就是像這個樣子——有了這種想法後，身體跟著產生生活的動力。

亮太原本幾乎不懂得做家事。志乃很有耐心地從煮飯、擦玻璃開始教起。

在志乃的眼中，亮太是上進的學生，非常有教導的價值。

短短的三個月之後，兩人已經相處得很融洽，能夠毫無隔閡地對話。

經過長久的年月，志乃早已遺忘有人陪著自己吃飯，閒聊一整天發生的事，原來是這麼愉快。

後來，亮太擔憂的事情，終究還是發生。

某天一大早，有人氣急敗壞地連按志乃家的門鈴。

「亮太，我知道你在這裡！」

門外傳來志乃的兄長，太助的聲音。

「是老爸……」

準備早餐到一半的亮太停下動作，面色瞬間變得蒼白。

「不用擔心。」
志乃吸一口氣，關掉爐子上的火；踏入廚房等待早餐就緒的黑仔，也慢吞吞地站起身。志乃跟他交換一個眼神。
「好好地幹一場吧！」
黑仔的臉上彷彿寫了這行字。
戰爭即將開始。
大門玻璃窗的另一邊，出現好幾個人影。
都是大人了，竟然還想用數量上的優勢，威脅一個老人家——
志乃的體內燃起一陣燥熱，這種感覺已經不知道多少年沒出現過，連自己的丈夫不告而別時，她都未曾如此。此刻的志乃很生氣。黑仔也感染到她的憤怒，尾巴跟著舉得高高的。
沒錯，黑仔。接下來要面對的，可是守護地盤的戰爭。
「亮太！給我出來！」
太助粗暴地敲門，志乃無懼於猛烈聲響，打開大門，面對太助跟他帶來的一群黑衣男子。

「好久不見了，太助哥。」
她沉著冷靜地應聲。
「志乃，亮太在哪裡？」
「請你回去。」
太助聽到志乃拒絕，立刻臉色大變。
「快把我兒子交出來。」
「你不懂禮節這一點，從來沒有改變。」
「夠了，老爸！」
亮太也來到門口。
你這樣豈不是毀了我們的心血……
太助見到久違的兒子，態度不禁狂妄起來。
「亮太，看你幹了什麼好事，我的臉都被丟光了。」
「唔唔……」
亮太鼓起勇氣出面，但是一看到自己的父親，又開始心生膽怯。
「你的面子跟他的命，哪個比較重要？」
志乃維持冷靜的話音問道。

「少在那裡胡說八道！」
太助毫不掩飾自己的不耐。
「我哪裡胡說八道？」
志乃「呼」地吐一口氣，筆直凝視著他。
「請你回去。」
見到她的態度那麼明確，太助不禁感到疑惑。志乃搬出老家到現在，經過了相當長的時間。她早已不再是自己印象中，那個優柔寡斷的軟弱妹妹。
一道前來的黑衣男子，上前抓住她的手臂。
剎——
黑仔發出的威嚇，宛如來自地底的聲響，使空氣產生震動。凶猛的吼聲裡充滿野性的氣息。
太助跟黑衣男子見狀，下意識地倒退一步。
「笑話。」
志乃揮開抓住她的手。
「堂堂一群人高馬大的男子，竟然害怕一隻貓。」

太助逐漸露出狼狽的神情。

「……妳打算對我兒子怎麼樣？」

「沒怎麼樣，我只會耐心等待。」

志乃跟他互相瞪視，最後是太助先別開視線。

「我還會再來。」

「下次我就直接報警。」

志乃朝著他走遠的身影說道。

太助跟黑衣男子離去後，亮太對志乃鞠躬。

「姑媽，我……謝謝妳……」

他哽咽地幾乎說不出話。

一旁的黑仔聽了，伸出貓腳捶他一下。

黑仔彷彿在說：不要那麼窩囊！

「來吧，我們回去吃早餐。」

志乃盡可能用開朗的聲音開口，緩緩鬆開緊握的拳頭。在此之前，她把拳頭用力握到開始發白。

四

四季流轉，又是一年的冬天。

這一天，黑仔比平常還早醒來。

他踩過志乃的肚子，走向自己的廁所。

志乃發出「唔……」的低吟。

僅泛著些許微光的黎明，是最適合狩獵的時段。但是進入寒冷的冬天後，黑仔實在提不起勁外出。

他的廁所放在志乃洗臉的地方。這裡雖然寒冷，但是跟戶外比起來，已經暖上許多。黑仔想到這裡，忽然甩甩頭，要揮掉這個念頭。

不行不行，這完全是家貓才有的想法。只有冬天才可以窩在被毯裡睡覺……

隨著寒冷的日子持續，黑仔逐漸把志乃的屋子當成自己的窩。家中多出兩張嘴，使志乃的生活忙碌許多。

志乃一直想幫黑仔洗澡，黑仔起初聽到要洗澡，總是東逃西竄，但最後還是在睡覺時被偷襲，抓進熱水裡好好清洗一番。不過，有了一次經驗後，黑仔倒也覺得泡在熱水裡頗為舒服，只有人類享受得到這種休閒，未免有點可惜。

黑仔上完廁所，用後腳扒扒白色的貓沙。這個叫做「廁所」的東西，也是相當不錯的設計。

陽光從廚房灑落室內。最近做早餐的工作，完全轉由亮太負責。他剛開始下廚時，做出來的菜總是鹹得要命，不過最近已經改善許多。

志乃再也不用天天早起，同樣快樂得不得了。

正當黑仔要回到窩裡繼續睡覺時，他忽地感受到一陣熟悉的氣息。

他相當篤定，自己對這股氣息有印象。

「是約翰。」

許久未喊的名字脫口而出。儘管這樣說有點無情，那隻老狗早已在他的腦海消失好一陣子。

「約翰！」

黑仔大聲喊道，隨即從貓專用的小門出去。

他無懼於冬天早晨的刺骨低溫，在外面四處奔跑。
低壓壓的雲層底端，飄下一瓣白色碎片。
是雪花。
仔細想想，約翰確實很喜歡雪。
「約翰！你在嗎！」
黑仔一邊呼喊他的名字，一邊在庭院到處尋找。
「黑仔，外面那麼冷，你在做什麼？」
亮太穿著厚重的禦寒衣物，從廚房走出來。
「亮太，快看！」
黑仔仰頭向天。
「喔，下雪了嗎？」
亮太跟著往上面看。
「那傢伙搞不好會挑這種日子回來。」
黑仔奔了出去。
「喂，你要去哪裡？早餐都還沒好耶！」

他不顧一切，在冷冽的空氣中跑著。大片的雪花開始飄下。

「黑仔，等等我！」

後方傳來慌慌張張的腳步聲，他曉得亮太追了過來。

「約翰，快點跟上。願望說不定會實現喔。」

黑仔顧不得地盤，一個勁兒地奔跑，跑上坡道，從護欄攀上圍牆，用途中的自動販賣機當跳台，跳到另一段圍牆，然後繼續往高處移動。不管是誰的地盤還是什麼問題，現在通通拋到腦後。

他感覺到，約翰正在呼喚自己。

強勁的風中，雪花不斷迎面飛來。

他蹬著柏油路面，飛快地向前推進。

「約翰！」

坡道上傳來另一個呼喚約翰的聲音。是小不點。

「小不點！」

他們並肩奔馳。早晨的電車駛離月台，在高架軌道上發出轟隆隆的聲響。

黑仔跟小不點聽到電車運行的聲音，更加拿出精神，繼續朝坡道頂端前進。

咪咪所在的木造公寓逐漸出現在眼前，她跟麗奈的房間亮著燈。說不定昨天晚上麗奈完全沒闔眼，一直畫圖畫到現在。

他們追隨雪片的軌跡跑著、跑著，進入下坡路段，橫越神社，穿過新建住宅林立的街道，繼續向前、向前。

經過餅乾跟葵的家門時，他們注意到門口的信箱煥然一新，上面還有個大理石紋路的貓咪圖案，長得很像餅乾。

「是餅乾！」

用不著小不點提醒，黑仔也非常清楚。

約翰的氣息越來越近，他們更是加緊腳步。出現在前方的，是緊貼著小山丘的陡峭階梯。

「還得爬這段樓梯喔~」

落在後面的亮太發出哀號。

「約翰！」

黑仔再一次大叫。

「就在前面！」

小不點也感覺到約翰的氣息，一鼓作氣衝上樓梯，最後來到這座城鎮最高的地方。山丘上是一座小公園，小公園內有著小巧的長椅。

雪越下越大，也越來越密集。

從這裡可以望見行駛而過的電車。

「看來這裡會積雪。」

「是啊。」

小不點跟黑仔靠在一起，看著電車好一會兒。即將從沉睡中甦醒的城市，在他們的腳下縱橫成片。這座城市開始有了心跳。

這時，亮太總算氣喘吁吁地追上來。

「黑仔……你是要去哪裡啊……」

年紀輕輕就跑到上氣不接下氣，這個男的真沒用。

小不點看向亮太跑來的另一個方向，那邊同樣傳來腳步聲。

「小不點！」

一名短頭髮、穿著禦寒大衣的女子也從樓梯上出現。黑仔見她全身包得圓鼓鼓的，像極了體型碩大的貓。

「她是我的戀人。」

小不點得意地介紹。

女子見到亮太，露出訝異的表情。她八成沒有料到，這裡竟然還有其他人在。

「啊，我是這隻貓的主人……」

亮太也顯得不知所措。

「我的主人是志乃。我是她的貓，才不是你的。」

黑仔出聲抗議，但是亮太根本沒有理會。因為他的心思完全飄到小不點的主人上。

那名女子朝小不點伸出手，小不點便熟練地跳到她的胸前。

「小不點突然跑出家門，讓我嚇了一跳。」

「呃，我家的黑仔也是……啊哈哈。」

亮太發出傻笑。

接著，他們看著彼此好一陣子。

「這是進入冬天後，第一次下雪呢。」

最後是由女方先打破沉默，亮太接著愉快地回應。

黑仔回想起來時，約翰的氣息已消失無蹤。

他打了一個寒顫。

「黑仔，我的願望好像實現了喔。」

「你說什麼？」

小不點抬頭看著自己的主人，她的臉龐宛如散發光芒。

黑仔不禁把她的表情，和最近的志乃重疊在一起。

這時，他也總算意識到——

對喔，我的願望不是早就實現了嗎？

同一時間，他也明白，自己再也不可能見到約翰。

——謝謝你，老友。

他對著雪成雲的另一端，如此低語。

尾聲

漫長的冬天過去，迎來櫻花的季節。

我帶著小不點的籠子，跟他在河岸旁成排的櫻花樹下散步。舉目往前看去，整片視野都染上花瓣的淡紅色。

滿天紛飛的櫻花瓣，無時無刻不在提醒我大氣的流動。

「這有什麼辦法，人的心情又不是看得見的東西。」

走在我身旁的人，曾經這麼告訴我。多虧他這一句話，我覺得心裡輕鬆了許多。

在此之前，我總是為無法理解別人的心情自責不已。我以為那是大家都看得到的事物，只有自己看不到，所以才傷害到周圍的人。

自己真正的心情與想法，同樣是難以理解的事物。認為心裡其實早已察覺，只是一直裝做不知情，不過是自己多慮罷了。

好在有人教會我這些事。

能夠遇到這樣的人，都要感謝小不點。

拂面而過的風，帶來繽紛的櫻花瓣。

「很漂亮對吧，小不點？」

我對籠子內的小不點問道，他也發出喵的一聲。

那場初雪的早晨，我在公園邂逅那名男子之後，兩人碰面聊天的機會開始增加。

我在心裡期望著，我們能一點一滴地，慢慢瞭解彼此。

我一廂情願地認為，在那個下雨的日子裡，是自己對小不點伸出援手。

事實上，我才是被拯救的那一方。

「喂——咪咪，快點下來——」

雅人對攀上書櫃頂端發出威嚇的咪咪喚道。

咪咪的腳傷已經復原，現在又能夠到處跑跳。

「不要再玩了，趕快把行李打包好。」

我一邊用報紙包起餐具器皿，一邊對雅人開口。

「我說麗奈啊，我好歹是妳的學長……」

雅人嘴巴上這麼抱怨，但還是乖乖地找來繩子，開始捆起雜誌堆。

我勉強通過入學考試，進入雅人就讀的美術大學，成為小他一屆的學妹。

從今以後，我會直接從原本住的家裡通學，所以要跟這棟公寓說再見了。

「咦——真想不到，原來妳會看這些漫畫。」

雅人看著捆到一半的四格漫畫月刊，訝異地說道。

「那是我朋友畫的。」

「妳有朋友在當職業漫畫家？很厲害耶！」

這位漫畫家就是餅乾的主人，葵。最近她在工作之餘，開始在雜誌上連載以貓為主題的四格漫畫。葵跟餅乾來我家探望咪咪後，我們很快地成為好朋友，她偶爾也會帶餅乾來作客。咪咪現在已經一歲大，長成一隻亭亭玉立的淑女貓。

櫻花瓣乘著風，從敞開的窗戶飛進房間。

看到這個景象，心裡沒來由地湧起一陣感傷。

接下來，我也即將邁向全新的世界。

我在她的房間內，跟她一起欣賞群青色的天空。

在呼嘯的風聲中，淡薄的雲朵匆匆飄過。

她用纖細的手指，輕撫我的毛皮。

「小不點。」

她開口道。

「什麼事?」

我也開口詢問。

雖然她沒有再說什麼，我依然感受到她的心境。

不僅如此，我也產生了與她相同的心境。

我喜歡這個世界。

我打從心底這麼認為。

過一會兒，她倏地綻放笑容。我抬頭看向她的臉，彷彿看到一道光輝。

她肯定也感受到我的思緒。

我想，她同樣喜歡著這個世界。

嬉文化

她和她的貓

（原名：彼女と彼女の猫）

作者／永川成基　原作／新海誠　譯者／涂祐庭
執行長／陳君平　榮譽發行人／黃鎮隆
協理／洪琇菁　國際版權／黃令歡
執行編輯／呂尚燁　美術主編／陳聖義
企劃宣傳／呂尚燁
發行／英屬蓋曼群島商家庭傳媒股份有限公司城邦分公司　尖端出版
台北市中山區民生東路二段一四一號十樓
電話：（〇二）二五〇〇—七六〇〇（代表號）
傳真：（〇二）二五〇〇—一九七九
中彰投以北經銷／楨彥有限公司
電話：（〇二）八九一九—三三六九
傳真：（〇二）八九一四—五五二四
雲嘉經銷／威信圖書有限公司　嘉義公司
電話：（〇五）二三三—三八五二
傳真：（〇五）二三三—三八六三
客服專線：〇八〇〇—〇二八—〇二八
南部經銷／威信圖書有限公司　高雄公司
電話：（〇七）三七三—〇〇七九
傳真：（〇七）三七三—〇〇八七
香港總經銷／城邦（香港）出版集團有限公司
香港灣仔駱克道193號東超商業中心1樓
電話：（八五二）二五〇八—六二三一
傳真：（八五二）二五七八—九三三七
E-mail：hkcite@biznetvigator.com
馬新經銷／城邦（馬新）出版集團　Cite(M)Sdn.Bhd.
E-mail：Cite@cite.com.my
法律顧問／王子文律師　元禾法律事務所
台北市羅斯福路三段三十七號十五樓
二〇二一年一月二版一刷
二〇二三年十一月二版三刷

郵購注意事項：
1. 填妥劃撥單資料：帳號：50003021戶名：英屬蓋曼群島商家庭傳媒(股)公司城邦分公司。2. 通信欄內註明訂購書名與冊數。3. 劃撥金額低於500元，請加附掛號郵資50元。如劃撥日起 10～14日，仍未收到書時，請洽劃撥組。劃撥專線TEL：(03) 312-4212 ・ FAX：(03) 322-4621。E-mail：marketing@spp.com.tw

國家圖書館出版品預行編目資料

她和她的貓 / 永川成基 著／新海誠 原作 ；
涂祐廷譯 ；--2版. --臺北市：尖端出版，2021.01
面 ； 公分. --(嬉文化)
譯自:彼女と彼女の猫
ISBN 978-957-10-9238-6

861.57　　　109015608